京都感情旅行殺人事件

第一章　京都の死

1

若い西本功《にしもといさお》刑事が、思いつめた顔で、上司である十津川《とつがわ》警部に、四日間の休暇願を持ってきた。

「どうしても、許可していただきたいのです」

「まるで、駄目だといったら、警察をやめかねない勢いだね」

と、十津川は、微笑した。が、西本は、ニコリともしないで、

「そうしてもいいと思っています」

「おい、おい、君のような優秀な若手にやめられたら困るよ。それに、年次休暇をとるのは、正当な権利だ」

「ありがとうございます」

「ただ、骨休めをしたいというわけじゃないようだが、四日間の休暇をとって、何をするんだね？　さしつかえなければ、私に話してくれないか」

「京都に行って来たいと思っているんです」

「ほう。夏の京都は、暑くて大変だと聞いているが――」

「観光に行くわけじゃありません。これを見てください」

西本は、ポケットから、小さく折りたたんだ新聞を取り出した。

一昨日の夕刊の社会面だけを切り取ったものだった。


〈京都で、東京の若いカップルが心中〉


そんな見出しが、十津川の目に飛び込んできた。

「この記事らしいね」

「そうです。東京から、新幹線に乗って、京都見物に出かけた若いカップルが、平安神宮の傍《かたわら》の疏水《そすい》で、溺死体で見つかったというのです」

「あの疏水なら見たことがあるよ。幅は、十五、六メートルあって、深いし、水量も豊かだ。確か、春には、アフリカの留学生が、飛び込み自殺したところじゃないかね？」

「そうです。そこで、溺死したんです」

「君の知り合いなのか？」

「男のほうは、私の高校時代の友人です。親友でした。卒業後も、ずっと、つき合っていたんです」

「しかし、もう死んでから二日たっているんだろう。死体は、荼毘《だび》に付されて、東京に持ち帰られているんじゃないかね？」

「そのとおりです。今日、葬式がありました」

「それじゃあ、何のために、京都へ行くんだね？」

「あいつが、女と心中なんかするはずがないんです」

「そうか。君は、友人が、誰かに殺されたと思い、それを調べに行くつもりなんだな？」

「どうしても、調べたいんです」

「しかし、京都府警だって、頭から、心中と決めつけたわけじゃないだろう？　一応の捜査は、やったはずだよ。その結果、自殺と断定したんだろう？」

「電話で、京都府警には、問い合わせてみました。向こうの返事は、こうです。どこから見ても、他殺の証拠はなかった。疎水の傍には、ハンドバッグと、ボストンバッグと、二人の靴がきちんと置いてあり、何も盗まれていなかった。水死体の衣服には、財布も、キャッシュカードも、身分証明書も、ちゃんと入っていた。だから、身元も、すぐわかったんだそうです」

「それじゃあ、京都府警が、他殺でなく、心中事件と考えたのも無理はないな」

「しかし、私は、どうしても、あいつが、自殺するとは、思えないのです。一流企業に就職して、エリートコースを歩いていたんです。死ななければならない理由は、どこにもないんです」

「一緒に行った女性のほうに、原因があったということは、考えられないのかね？　極端な例かもしれないが、彼女が、癌の宣告を受けていたかして、前途に希望を失っていたとする。君の友人は、それに同情して、心中したということもあり得るだろう？」

「彼女には、二度ばかり会っています。彼が紹介してくれたんですが、同じ会社のＯＬで、なかなかの美人でした」

「結婚する気だったのかね？」

「彼は、結婚する気だといっていました。今度の京都への旅行は、いわば、婚前旅行だったと思うんです。それなのに、自殺するなんて、考えられないんです」

「君の知らない事情があったのかもしれない」

「それも考えました」

「家族はどうなのかね？　自殺で納得したのかね？」

「まだ、茫然としているのが、正直なところじゃないでしょうか。それに、京都府警が、他殺ではないと断定すれば、それ以上の疑問は、持てないと思います」

「そうだな。それでも、君は、京都に調べに行くのか？」

「高校一年のとき、彼に命を助けられたことがあるんです」

と、西本は、いった。

十津川は、「そうか」といい、その理由は聞かなかった。

「それなら、行って来たまえ」

2

西本は、翌朝日曜の早い新幹線で、京都に向かった。

座席に腰を下ろすと、もう一度、友人の死を伝える新聞記事に目を通した。

〈八月六日（木）朝、平安神宮傍の疎水に、若い男女の死体が浮かんでいるのが発見された。警察で調べたところ、この二人は、東京都世田谷区代田×丁目の片平正《かたひらただし》さん（二六）と、同じく東京都中野区中野の中田君子《なかだきみこ》さん（二二）とわかった。二人の体には、外傷はなく、財布その他が盗まれていないことから、心中と見られている。なおこの疎水では、先に、アフリカの留学生が、ノイローゼから投身自殺している〉

簡単な記事である。

片平と、中田君子の写真がのっている。二人で、どこかの神社の境内で撮った写真である。

〈ボストンバッグの中にあったカメラのフィルムから現像〉

という説明がついている。

片平も、君子も、幸福そうに笑っている。誰かに、シャッターを押してもらったか、セルフタイマーで撮ったのだろう。

(こんな幸福そうに笑っているカップルが、投身自殺なんかするだろうか?)

片平は、会社に、三日間の休暇届を出して、旅行に出発した。

八月三日(月)から五日(水)までの三日間の休暇である。

そして、二日の日曜日に出発している。日曜日を入れて、四日間の京都旅行を計画したのだ。

二人は、最後の日に、疎水で死んだことになる。

西本は、眼を閉じた。京都に着いたなら、なるべく、冷静に、二人の足取りを追ってみようと思った。感情にまかせて、歩き回ったら、事実を見逃す恐れがあるからである。

十津川は、君の知らない事情があったんではないかといった。

高校時代の親友で、最近も、つき合っていたとはいえ、片平の全てを知っていたわけではない。その点は十津川のいうとおりなのだ。

消費者金融に借金していたことだって、あるかもしれない。美男子だし、エリート社員だから、女にもてた。中田君子以外の女と、ごたごたを起こし、そのために、君子と無理心中の形になったということも考えられる。

どんなことでも考えられるのだ。

しかし、西本は、片平が、自殺したとは思えないのだ。

昼前に、京都駅に着いた。

クーラーのきいた車内から、ホームに降りると、京都特有のむっとする暑さが、西本の痩せた体を、押し包んだ。

片平たちも、この暑さの中を、歩き回ったのかと考えながら、八条口の改札を出た。

梅雨は、二週間前に明けている。

雲一つない夏空から、ぎらつくような太陽が、顔をのぞかせている。

西本は、小型タクシーに乗り、「平安神宮にやってくれ」と、いった。

タクシーの中は、クーラーがきいていたが、窓から強い太陽が差し込んできて、痛いような暑さだった。

大型の観光バスが、外国人の観光客を乗せて走っている。

二十分ほどで、平安神宮の朱塗りの門が見えた。

西本は、タクシーを降りた。

平安神宮の朱塗りの門は、絵ハガキでは、美しいだけだが、実物を、近くで見ると、その巨大さに圧倒されてしまう。なぜ、こんな巨大なものが必要だったのだろうか。そんな疑問が浮かんでくるような巨大さである。

西本は、疎水のほうへ歩いて行った。

蒼いというより、グリーンに近い水の色である。

いかにも、深そうである。水泳禁止の札が立ち、入れないように、金網が張ってあったが、一メートルぐらいの低いものだから、越えようとすれば、簡単に越えられたはずである。

片平たちの死体が見つかったあたりには、誰がたむけたのか、花束が二つ、金網に立てかけてあった。

西本は、金網に手を置いて、じっと、水面を見つめた。

疎水は、京都市民の飲料のために、琵琶湖の水を引いたものといわれている。

豊かな水量だった。

魚釣りも禁止なのだろうが、金網の中に入り込んで、釣糸をたれている老人がいる。

疎水の両側は、通路になっている。夜は、散歩を楽しむにはいいだろう。特に、夏の夜は、水面を渡ってくる風が、涼を呼ぶに違いない。

片平たちも、疎水の脇を歩き、金網を越えて中に入り、飛び込んだのだろうか。

西本は、三十分ぐらい、疎水の傍で過ごしてから、タクシーを拾い、今度は、京都府警本部に向かった。

3

府警本部に着き、受付で名刺を示すと、すぐ、西本と同年輩ぐらいの若い刑事が、上から降りて来て、

「府警本部の矢木《やぎ》刑事です」

と、自己紹介してから、

「課長から、あなたに協力するようにいわれました」

「しかし、お忙しいでしょう？」

「実は、さっき、おたくの十津川警部から、うちの課長に電話があったんですよ。西本という刑事が、そちらに伺うかもしれないから、その節は、よろしくということでした。それで、私に、白羽の矢が立ったわけです」

「そうですか」

「私も、あの心中事件を調べた一人ですから、ご質問に答えられると思います」

「それなら助かります。私は、あの二人の足取りを追ってみたいのです」

「片平正と中田君子の二人は、八月二日の日曜日に京都に着き、午後三時に、三条ホテルにチェックインしています」

と、矢木刑事は、手帳を見ながらいった。

「では、そのホテルへ案内してください」

二人は、車で、三条河原町にあるホテルへ向かった。

京都の繁華街である。近くには、ロイヤルホテルや、京都ホテルなどがある。

「二人は、このホテルに泊まり、ここから、タクシーや、バスを利用して、市内を回っていたようです」

車を降りて、三条ホテルのロビーに入りながら、矢木がいった。

真新しいホテルで、床に敷かれたじゅうたんも、ふかふかしている。

西本は、フロントで、片平たちの宿泊カードを見せてもらった。

なるほど、片平の字で、八月二日から五日までの宿泊予定が、書き込んであった。

片平正、同君子と書かれてあるのは、結婚を、約束していたからだろうか。

このホテルの十階のダブルの部屋を、四日間、利用していた。

西本と、矢木は、ロビー横の喫茶室で、コーヒーを飲んだ。

「二人が、京都のどこを見て歩いたか、わかりますか？」

と、西本がきいた。

「全部はわかりませんが、二人が、写真を撮っていたので、おおよそのところは、わかっています。清水寺、東西本願寺、八坂神社、御所など、有名な場所は、だいたい、回ったようです」

「新聞に出ていた二人の写真ですが、あれは、どこで撮ったものですか？」

「あれは下鴨神社です。これは、新聞にはのらなかったんですが、女のハンドバッグの中に、下鴨神社のおみくじが、入っていたんです」

「おみくじ——ですか？」

「ええ。小さくたたんで入れてあったので、最初は、気がつかなかったんです。しかし、気がついて、見てみると、これが、重大な意味を持っていることがわかったんです」

「どんなことですか？」

西本は、膝を乗り出した。

「大凶だったんですよ。これが」

「ほう」

「願いごとかなわず。待人来たらず。失せ物出ず、旅行は控えるべしといった、全く悪い卦でしたね。あの二人は、何か悩みごとを抱いて、京都へ来たのではないか。下鴨神社で、おみくじを見たとき、自分たちの運を試すつもりで、引いてみた。ところが、大凶が出てしまった」

「それで、がっかりして、疎水へ、投身自殺ですか？」

「人間は、ちょっとしたことが引金になって、自殺しますからね」

「そのおみくじは、どこにありますか？」

「仏さんの所持品ですからね。遺族に渡しましたよ」

「それでは、下鴨神社へ案内していただけませんか」

4

高野川と賀茂川が合流するあたりが、三角洲になっていて、この辺りは、糺《ただす》ノ森と呼ばれている。

下鴨神社は、その糺ノ森にある。

東京でいえば、武蔵野といったところだが、武蔵野の緑が少なくなったように、この糺ノ森も、緑が少なくなったといわれている。

それでも、緑の濃い森の中の道を歩いて行くと、下鴨神社である。

この神社も、朱《あか》く彩色されているが、平安神宮のような派手な朱色ではない。もっと、沈んだ朱である。そして、境内も、広くはない。

御所や、平安神宮や、金閣寺、銀閣寺などには、観光客があふれているのに、なぜか、この下鴨神社は、日曜だというのに、ひっそりと静かである。

今日も、五、六人の参拝者の姿しかなかった。

境内に敷きつめた白っぽい砂に、太陽が照り映えて、眩《まぶ》しかった。

社務所では、矢木のいったおみくじを売っていた。

参拝者が少ないので、白装束の神官も、巫女《みこ》も、退屈そうな顔をしている。

西本は、料金を払って、おみくじを引いた。

たいていのおみくじが、縦に細長い短冊形なのに、この下鴨神社のものは、横書きである。

末吉であった。

じっと辛抱して、機会を待てという卦である。

「大凶も入っているんですか？」

と、西本は、巫女にきいてみた。

「数は少ないですけど、入っています。吉ばかりでは、インチキになりますものね」

と、十七、八に見える可愛らしい巫女は、ニコニコした。

「しかし、大凶を引いた人は、がっかりしてしまうでしょうね？」

「そのときには、たいてい、境内の樹の枝に結びつけていきますわ。そうすると、悪い運が、その人から除かれるといって」

そういわれて、周囲を見回すと、なるほど、境内の樹の枝に結ばれたおみくじが、白い花のように見える。

(片平は、なぜ、大凶のおみくじを、ここの樹の枝に結んでしまわなかったのだろうか?)

「片平のカメラにあったフィルムのことですが」

と、西本は、矢木を見て、

「全部、家族に渡してしまったんですか?」

「ネガは、家族に渡しましたが、捜査のために引き伸ばした写真は、とってありますよ」

「それを見せていただきたいんですが」

「今日は、どこのホテルにお泊まりですか?」

「片平たちと同じ三条ホテルに泊まるつもりです」

「それなら、あとで、ホテルへ、お持ちしますよ」

と、矢木は、いってくれた。

5

西本は、ひとまず、三条ホテルへ、チェックインした。

片平たちが泊まった同じ部屋にしてもらった。一〇一二号室である。

窓から、鴨川が見えた。片平たちも、三日間、この窓から、鴨川を見たのだろう。

午後四時を回ってから、矢木が、問題の写真を持って来てくれたが、階下のロビーで会うと、

「ちょっと、妙なことになりました」

と、いった。

「どうしたんですか？」

「新聞に、おみくじのことが出てしまいましてね」

矢木は、地元の新聞を、取り出して、社会面に小さくのった記事を見せた。


〈心中のカップルは、下鴨神社の大凶のおみくじを引いていた〉


おみくじによって、二人の死が予言されていたような書き方だった。

「この記事を見たある老人から、電話がかかって来たんです」

と、矢木がいう。

「どんな電話ですか？」

「八月四日の夕方、その老人は、下鴨神社の境内で、片平正と中田君子の二人に会ったというのです。それだけじゃありません。中田君子のほうが、おみくじを買って、大吉だといっ

て、喜んでいたというんですよ」

「本当ですか?」

西本は、思わず、大きな声を出してしまった。

「まだ、その老人に会っていませんから、本当かどうかわかりません。下鴨神社の近くに池田《いけだ》自転車店という店があって、そこの隠居らしいんです。これから、会いに行かれますか?」

「もちろん」

と、肯《うなず》き、西本は、もう立ち上がっていた。

高野川のこちら側に、池田自転車店があった。自転車のほかに、オートバイや、スクーターも、店頭に並べてある。

七十歳だという池田老人は、店の前で、待っていてくれた。小柄だが、話し好きで、元気な老人である。

「下鴨神社へ歩きながら話しましょう」

と、池田老人は、さっさと歩き出した。

高野川にかかる橋をわたると、さっきの糺ノ森である。

夕暮れが近づいたせいか、蝉の声がやかましい。

「私は、朝と夕方、下鴨神社へ散歩に行くことにしているんです。この森の中を歩くのは、気分のいいもんですからねえ」

老人は、森の中を、下鴨神社に向かって歩きながら、いくらか甲高い声で、話してくれた。

「八月四日に、ここで、あの二人に会ったんですね？」

西本が、きいた。

「そうです。あの日の午後五時ごろでしたよ。こうして、下鴨神社に入って行くと、若いカップルがいまして、カメラのシャッターを押してくれと頼まれたんです」

老人は、境内に入り、能舞台の前で立ち止まった。

なるほど、新聞に出ていた写真と、バックが同じである。

「写真を撮ってあげてから、男の方と、京都の話なんかしているうちに、女の方が、社務所へ行って、おみくじを引いて来たんですよ。そのとき、大吉だといって、喜んでいましたよ。それなのに、新聞には、大凶だと書いてあったんで、びっくりして、お電話したんですがね」

「大吉だったというのは、間違いありませんか？」

西本が、眼を光らせてきいた。

池田老人は、手を振って、

「そんなの、間違いありませんよ。女の方が、走って戻って来て、よかったわ、大吉だったわと、いったんですから」

「あなたも、そのおみくじを見たんですか？」

「まさか、のぞくわけにもいかんでしょうが。女の方が、大吉だといっているのに、本当ですかといって、確かめられますか？」

「あなたが、眼で確かめたんじゃないんですか？」

西本は、軽い失望を覚えた。大吉が、大凶に変わったというが、証拠はないのか。

池田老人は、むきになって、

「女の方は、男の方にも、そのおみくじを見せたんですよ。大吉よ、といってね」

「それで、男はそのおみくじを見て、どういっていました？」

「おみくじの文句を読んでましたよ。金運よし、失せ物出る、望み事かなうか、すごいねと」

「ニコニコしていましたか？」

「ええ、当然でしょう。引いたおみくじが、大吉だったんですからね。ああいうものは、遊びでも、気分のいいもんですからね。それが、どうして、大凶に変わってしまったのか、不思議で仕方がないんですよ」

池田老人は、しきりに、首をひねっている。

「そのとき、女の人は、おみくじを一枚だけ、買って来たんですか？」

と、西本は、きいてみた。

老人は、びっくりしたように、西本を見て、

「一枚じゃいけませんか？」

「いけなくはないが、アベックなんだから、普通は、二枚、買うんじゃないかと思いましてね。自分のものと、恋人のものと」

「なるほど。でも、あのときは、一枚しか持っていませんでしたよ」

「八月四日でしたね？」

「ええ」

「ちょっと失礼」

西本は、二人を、そこに待たせておいて、社務所へ歩いて行った。

巫女に、中田君子の写真を見せた。

「この女性が、八月四日の夕方、おみくじを買ったはずなんだが、覚えていませんか？」

と、西本がきくと、顔に幼さの残る巫女は、大きな眼で、

「この人、疎水で心中なさった方でしょう？」

「そうです」

「今日の新聞を見て、びっくりしてしまったんです。うちのおみくじを持っていたというんでしょう。それも、大凶だったたなんて」

若い巫女は、蒼い顔をしていた。

「そのとき、彼女は、一枚だけ、おみくじを買ったんですか？　それとも、二枚？」

「お一人でみえたんなら、一枚だったと思いますけど」

「しかし、彼女は、恋人と一緒に、この下鴨神社に来ていたんですよ。だから、恋人の分と、二枚買ったんじゃないかと思うんだが」

「それなら、二枚だったかしら」

「よく思い出してほしいんですがね」

と、西本がいうと、巫女は、困ったように、眼をぱちぱちさせて、

「あのとき、十人ぐらいの団体さんが、おみくじや、お守りを買いに、わッと、集まって来ていたんです。その女の人も、そのときに、おみくじをお買いになったんで、一枚だけだったか二枚だったか、覚えていないんです。団体さんの中には、一人で、二枚、お買いになった人が、何人もいるんです」

「弱ったな」

と、西本は、溜息をついた。

大吉だったはずの下鴨神社のおみくじが、大凶に変わっていたのが事実なら、片平たちの死が、心中でなく、他殺の可能性も出てくる。

しかし、二枚買ったとなると、話は別だ。

中田君子は、自分と、恋人である片平と二人分のおみくじを買ったのかもしれない。その

一枚が大凶だった。彼女は、それで、片平に見せるのがためらわれて、大吉のほうだけを、わざと、ニコニコ笑いながら、見せたのかもしれない。

二人の間に、何か悩みごとがあったとすれば、大凶のおみくじなど、絶対に見せたくないだろう。

だから、君子は、嘘をついて、大凶のほうは見せなかった。

だが、片平は、二人だけになったとき、君子の不自然なはしゃぎ方がおかしいと思って、問いつめたとき、本当は、大凶だったことがわかった。ああ、やっぱり、自分たちには、運がなかったのだと、がっかりして、二人は、心中の道を選んだということだって、考えられなくはない。追いつめられたときというものは、ごく小さな暗示にさえ動かされるものだからである。

そこまで考えて、西本は、あわてて、自分を叱りつけた。これでは、片平と中田君子の心中を認めることになってしまう。自分が来たのは、心中でないことを確かめるためなのだ。

「いかがですか？」

と、矢木刑事が、きいた。

「何ともいえませんね。二人が心中したとは思えませんが、他殺の確証も得られません」

「われわれも、自殺、他殺の両面から捜査したんですが、とうとう、他殺の証拠がつかめなかったんですよ。家族の方にも、話を聞いたんですが、あの二人が、殺されるなんてことは、ありえないといわれました。強盗殺人が考えられるんですが、それにしては、何も盗《と》られていませんしね。それで、心中事件ということになったんですが」

「家族の人たちは、心中するような心当たりがあるといっているんですか？」

「いや、そのほうの心当たりもないといっていましたね。二人とも病気はなかったし、一流会社に勤めるエリート社員とＯＬですからね。ただ、どんなに幸福そうに見える人にも、他人にはわからない秘密や、苦しみがあるものです。京都を旅行しているうちに、死ぬ気になったのかもしれません」

「なぜです？」

「京都には、神社仏閣が沢山あります。それを回っているうちに、救われた気持ちになって、自殺するつもりだったのが、立ち直ったという話もありますが、逆のケースもあります。諸行無常を感じて、自殺したという例もあります」

「片平たちが、そのケースだというんですか？」

「いや、そう断定してるわけじゃありません。それに、最初から、死を覚悟して、京都へ旅行したのかもしれませんしね。二人にとって、京都が、思い出の場所だったとすれば、京都へ行って死のうと思うかもしれませんからね」

「京都情死行というわけですか？」

「二年前ですが、知恩院の近くで自殺した画家がいました。六十過ぎの画家で、癌で胃をやられていました。なぜ、京都で自殺したかというと、二十代のときに、京都へ来て、若い悩みから救われたからだというのです。人間というのは、いつか死ぬわけですから、人生は、死に場所を求めて、歩き回っているようなものだと思うのです」

「なかなか、面白い考えですね」

と、西本がいうと、矢木は、照れくさそうに、頭をかいて、

「何かの本に書いてあったものの受け売りですが、私も、死ぬなら、やはり、京都で死にたいと思いますね」

6

西本は、池田老人に礼をいい、三条ホテルに帰った。

自分の部屋に入ると、矢木刑事の置いて行った封筒から、写真を取り出した。

百枚近い写真の数である。

八月二日の日曜日から、八月四日の火曜日までの三日間に撮った写真である。

最後の日になった八月五日の写真はない。

この三条ホテルのチェックアウトは、午前十一時だから、片平たちも、十一時までに、ホテルを出たのだろう。

そして、夜、疏水で死ぬまで、どこでどうしていたのかを示す写真はない。

普通なら、午後二時くらいの新幹線で、東京に帰っているはずである。

死んだときの片平の所持金は、財布に四万八千円があり、キャッシュカードも持っていた。

中田君子のほうは、ハンドバッグに、現金三万六千円が入っていたといわれている。

グリーン車でも、一人一万七千二百円で、東京へ帰れるから、二人分の旅費は、十分にあったわけである。旅費だけではない、会社の同僚や、知人に、お土産を買っていくだけのお金もあったことになる。

心中しなければならない理由はなかったように見える。

西本は、百枚近い写真を、場所別に並べてみた。

京都府警が、写真の裏に、場所を書いていてくれていたので、京都にくわしくない西本にも、分類は楽だった。

二人は、いろいろな場所に行っている。

洛西＝嵯峨野　念仏寺　直指庵《じきしあん》
洛北＝大原　三千院
東山＝銀閣寺　哲学の道　南禅寺
洛中＝二条城　京都御所　下鴨神社

（まるで、京都の観光案内だな）

と、思った。

このほかにも、京都には、有名な場所がいくらでもある。東西本願寺、清水寺、嵐山、修学院離宮など、数えていけば際限がない。

しかし、わずか三日間にしては、ずいぶんいろいろな場所へ行ったものだと、西本は思った。

どの写真にも、楽しげな二人が写っている。片平一人で写っているのもあるし、中田君子一人のもある。

その写真の中に、怪しげな人物でも写っていればと、一枚一枚見ていったが、そんな写真は、一枚もなかった。

失望が、西本をとらえた。

死を暗示するような暗い表情で写っているものもなかったが、そうかといって、他殺を暗示するような写真もなかったからである。

しかし、目下のところ、この写真以外に、二人の行動を調べる方法はない。

西本は、駅で買った「京都案内」を片手に、写真にあった一つ一つの場所や、寺、神社を、案内の記事と照らし合わせてみた。

それで、何かがわかるという期待があってのことではなかった。

西本も、京都には、前に一度来ていたが、中学三年のとき、修学旅行に来ただけで、ただ、ぐるぐると、バスで引き回されたという記憶しか残っていない。西本は、十何年か前のことを思い出しながら、案内書を読み、片平たちの撮った写真を見ていった。

だが、結局、これだけでは、心中したのか、殺されたのか、少しもわからなかった。

眼が疲れただけで、時間がたってしまった。

西本は、「京都案内」を閉じると、東京に電話を入れた。

今日のことだけでも、十津川警部に、報告しておこうと思ったからである。それに、東京で、緊急の事件が起きていたら、こちらの私事は、後に回して、駈けつけなければならないと思ったからである。

十津川は、優しく、西本の話を聞いてくれた。

「それで、これから、どうするつもりだね？」

と、十津川がきいた。

「とにかく、二人が回ったところを、私も、回ってみようと思っています。それで、何かわかるという期待はないんですが」

「そうか」

と、十津川は、肯いてから、

「実は、カメさんが、捜査の合間に、片平正と、中田君子の二人のことを調べてくれたんだよ」

「本当ですか」

「今、カメさんに代わるから」

と、十津川がいい、電話の声が、ベテラン刑事の亀井《かめい》に代わった。

「二人が勤めていた太陽商事に行ってきたよ」

「ありがとうございます」

「まあ、いいさ。君には、あまりプラスにならないことがわかってね」

「何ですか？」

「君の友人の片平正だが、借金があるよ」

「どのくらいの借金ですか？」

「正確な金額はわからないが、二百万から三百万くらいだね。共済組合から百万だが、これは、月々、きちんと給料から返済されているが、問題は、残りだね。これは、どうも、消費者金融で借りたらしい」

「片平は、なぜ、そんな借金をしていたんでしょうか？」

「それを調べてみたんだが、わからないんだ。時間があったら、もう少し調べてみるがね。もう一つ、わかったことがある」

「何ですか？」

「片平正と、中田君子は、丁度、一年前の夏にも、京都へ旅行しているね。ただし、このときは、会社の同僚たちと一緒だ。女二人に、男三人の五人で、二泊三日の京都旅行だよ」

「一年前ですか。それで、京都のどこを回ったか、わかりますか？」

「もちろん、聞いてきたさ。これからいうから、メモしたまえ」

亀井は、一呼吸おいてから、

「二条城、京都御所、北野天満宮、三十三間堂、清水寺、八坂神社、平安神宮、詩仙堂、金閣寺、龍安寺」

と、ゆっくり、いった。

西本は、それを、ホテルのメモ用紙に、ボールペンで書いていった。

「ここまでは、五人一緒に回ったが、最後の日に、片平正と中田君子の二人が、二人だけで、姿を消してしまったそうだ。あるいは、この旅行で、二人は、結ばれたのかもしれんね」

「二人だけで、どこへ行ったのかわかりませんか？」

「あとの三人にきいてみたんだが、片平たちは、とうとう、教えなかったそうだよ。私が調べたことは、これだけだ。何かの参考にしてくれたまえ」

「ありがとうございます」

西本は、礼をいって、受話器を置いた。

片平が、三百万近い借金をしていた。しかも、消費者金融からも百万以上の金を借りていたことは、西本にとって、ショックだった。

片平は、頭も切れるし、いい奴でもある。ただ、金銭にルーズなところがあったのを、西本は思い出した。

二十六歳の若いサラリーマンの片平には、三百万近い借金は、かなりの重荷だったろう。特に、消費者金融から、大金を借りているということは、大会社だけに、社内でも、批判されるに違いない。

(これで、自殺の動機が、見つかってしまったな)

と、思った。

恋人の中田君子が、片平に同情して、心中という形になったのか。

だが、まだ、西本は、あの片平が自殺するはずがないという気持ちが強かった。

西本は、メモ用紙に目をやった。

一年前に、京都で歩いていたところを、片平と君子は、今度も、回ったのだろうかと思ったが、つき合わせてみると、違っている。

二条城や、京都御所などは、一年前も、今度も行っているが、一年前に回った北野天満宮や、三十三間堂などには、今回は、行っていないのだ。

(問題は、一年前に、ほかの三人をまいて、二人だけで、行ったところだな)

と、西本は、思った。

今度も、多分、二人は、そこを訪ねたことだろう。

去年五人で行かなかったところで、今度、二人で行ったところが、それにあたるに違いない。西本は、それを抜き出してみた。

下鴨神社

銀閣寺　哲学の道　南禅寺

大原　三千院

嵯峨野　念仏寺　直指庵

一年前に、この全てを、二人だけで回ったとは思えない。

亀井の話では、二人で消えたのは、最後の一日だけということだから、せいぜい、この中の二つか三つの寺なり神社なりだろう。しかし、それを探すとなると、全部に当たってみなければならない。

西本は、明日に備えて、眠ることにした。

7

翌日も、朝から、かんかん照りだった。

京都は、盆地のせいか、冬は寒く、夏は、風がなくてやたらに暑い。

西本は、写真をポケットに入れ、昨夜、メモしたものを手にして、ホテルを出た。

最初の下鴨神社は、昨日、矢木刑事と一緒に行ったから、もういいだろう。

タクシーを拾って、銀閣寺に向かった。

銀閣寺への参道のところで車を降りて、総門へ向かって、歩いて行った。

金閣寺の華麗さに比べると、銀閣寺は、素朴で、静かである。

銀閣寺というと、銀箔でも貼ってあると思われがちだが、銀は、貼られていない。ここは、むしろ、庭が美しい。

庭造りの名人といわれた善阿弥《ぜんあみ》の作といわれ、有名なのは、砂を高く盛った向月台と、銀《ぎん》沙灘《さだん》である。

片平も、この二つをバックにして、中田君子の写真を撮っている。

だが、ここでも、二人の死の真相を知ることは、出来なかった。

銀閣寺を出ると、銀閣寺橋まで歩き、そこから、疎水に沿って、南禅寺のほうへ歩いてみた。

やがて、哲学の道と呼ばれる並木道に来る。『善の研究』で有名な西田幾多郎《にしだきたろう》が、思索したといわれるところだが、実際に来てみると、疎水に沿った細い散歩道で、哲学するより、恋でも語ったほうが似合いそうな場所だった。

そのせいか、この暑さなのに、若いアベックや、若い女性の姿が多い。

片平と君子が、ここへ来た理由もわかる気がした。恋人同士の散策には、もっともふさわしい場所だろうからである。

しかし、どんな気持ちで、二人が、この並木道を歩き、疎水の流れを見たのかわからなかった。

殺されるのも知らずに、二人は、楽しく語らいながら、歩いたのだろうか？

それとも、死を覚悟して、歩いていたのだろうか？

いくら考えても、いくら疎水を見つめても、答えは出て来なかった。

答えの出ないうちに、南禅寺に着いてしまった。

ここでも、同じであった。南禅寺の建物も、片平と君子の写真も、西本の疑問に答えてくれないのである。

西本は、南禅寺の近くで昼食をとると、次は、洛北の大原、三千院に向かった。

車が、北に向かうにつれて、緑の濃い山脈が、左右から迫ってくる。このあたりが、八瀬である。

さらに北に走ると、急に、左右の山影が遠のいて、大原の里に出る。

西本は、バス停の近くで、車を降りた。

ここから、左へ行けば、寂光院である。右へ、川に沿って登って行けば、三千院である。

西本は、三千院へ歩き出したが、人の姿の多いのには驚いてしまった。

大原の里は、静かな場所だが、三千院の近くだけは、別である。明らかに、観光客とわかる人たちが、ぞろぞろと歩いている。圧倒的に、若い女性が多いのは、三千院が、若い女性に人気があるからだろう。

その観光客目当ての茶店や、土産物屋が、道の両側に軒を並べている。まさに、大原銀座で、俗化という言葉が、ぴったりくる。

しかし、三千院そのものは、深い木立ちの中の、静かな寺である。城の石垣に似た土台の上に建てられた三千院は、いかにも、古い京都の寺という感じがする。

片平と君子は、ここで、八枚の写真を撮っている。

その写真に合わせて、西本は、境内の往生極楽院の前に立ち、桜の馬場を見、苔むした石垣に手を触れてみたが、やはり、答えは見つからなかった。

二人は、三千院まで来て、何を話したのだろうか？

8

大原へ来るときは、タクシーを使ったが、帰りは、バスにした。急に、京都にやって来たので、所持金も、少なかったからである。

三条ホテルへ、いったん戻った。

大原では、三千院しか訪ねなかったのだが、すでに、午後五時近い時刻になっている。

だから、片平たちも、洛北では、大原、三千院しか行かなかったのだろう。

フロントで、片平と君子が、八月五日に、チェックアウトしたときの様子をきいてみた。

「確か、あのお二人は、午前十時ごろ、会計をすまされたはずです」

と、三十代のフロント係は、西本にいった。

「そのとき、死ぬような気配は、ありましたか?」

「いえ、そんな感じは、全然、ありませんでしたね。ですから、新聞で、心中されたと知って、びっくりしてしまったんですよ」

「二人の支払いの領収書の控えを、見せてもらえませんか」

と、西本が頼むと、フロント係は、気軽に、束の中から、二人のものを抜き取って、見せてくれた。

八月二日から五日までの分である。

朝食は、ルームサービスにしてある。いちいち、食堂へ降りてくるのが、面倒くさかったのだろう。

「電話の記入がないが、二人は、一度も、外に電話をかけなかったんですか？」

「そうですね。これに記入がないということは、お部屋から、一回も、外にお電話されなかったことになりますね」

と、フロント係がいう。

もし、どこかへ二人が電話していたら、その相手を突き止めて、話の内容を聞くつもりだった。

それによって、二人が、心中する気で京都に来たのか、それとも、そんな気配は、全くなかったのか、わかると思ったのだが、その期待も、あっけなく、はずれてしまった。

（なぜ、外へ電話をかけなかったのだろうか？）

という疑問も、当然、湧いてきた。

結婚前の若い男女が、旅行したのである。

少なくとも、女性のほうの家族に、京都に着いたぐらいの電話は、入れるのが、普通ではあるまいか？

しかし、二人とも、そうしなかった。

二人とも、のんきな性格だから、忘れてしまったのか？　もし、そうなら、二人の心中説は、弱くなってくる。

しかし、二人とも、死を決意して京都へ来たので、両親や友人に電話をかけて、覚悟が駄目になるのを恐れて、外へ電話しなかったとすれば、逆に、心中説が強くなってくる。

西本は、何度目かの失望をかみしめながら、部屋に戻った。

明日は、嵯峨野へ行き、念仏寺と、直指庵を訪ねてみよう。もし、そこで、何もわからなければ、それで、お手上げである。

ベッドに横になったが、なかなか、眠れなかった。

うとうとしたと思うと、目がさめてしまう。

嫌な夢も見た。死んだ片平が、恨めしそうな顔で、自分を見つめている夢だった。

やっと、深い眠りに落ちたと思ったら、けたたましい電話の音で、起こされてしまった。

受話器を取りながら、細く眼を開けて、腕時計を見た。

まだ、午前六時になったばかりである。

自然に、不機嫌になり、「もしもし」と怒鳴るようにいった。

「京都府警の矢木です」

と、相手がいった。

西本は、眼をこすって、

「どうも。一昨日《おととい》はお世話になりました」

「何か、死んだ二人のことで、わかりましたか？」

「昨日は二人の行った場所を、ずっと回ってみたんですが、結局、答えが見つからないんです。二人が、心中したのか、それとも殺されたのか。それにしても、こんなに早く、何かあったんですか？」

西本は、逆に、きいてみた。

「妙な事件が持ち上がって、これから、現場へ行くところなんです。西本さんにも関係があると思える事件なので、一応、お電話したわけです」

「私に関係がある？　どんな事件ですか？」

寝たまま、受話器をつかんでいたのが、ベッドの上に、座り直した。

「また、同じような事件が起きたんですよ。東京から来た若い二人連れが、今度は、ホテルの窓から飛び降りて死んだんです」

「それ、本当ですか？」

「事実です。京都駅前のホテル・京都から、連絡があったんです」

「ホテル・京都ですか。私も、行かせてください」

と、西本はいい、相手の返事も聞かずに電話を切り、着替えを始めた。

ホテルを出ると、西本は、タクシーで、京都駅に向かった。

京都駅の北口広場は、地下鉄が通り、地下街も出来て、面目を一新している。ホテルも急速に増えてきた。


ホテル・京都は、北口にあるホテルの中では、古いほうである。十六年前に建てられたときは、モダンだったのだろうが、最近のように、新しいホテルが建ち並んでくると、いかにも古めかしい感じがする。

9

そのホテル・京都の横の舗道に、制服の警官が、ロープを張っていた。ロープの中に、赤黒い血のりが見えた。

窓から身を投げたという若いカップルの泊まり客は、あそこに墜落したのだろう。

西本は、ロビーに入って行った。

何となく、騒然としているのは、当然だろう。

エレベーターの扉が開いて、緊張した顔の矢木が出て来た。

矢木は、ロビーに、西本を見つけると、近寄って来て、

「いらっしゃってたんですか」

「ご迷惑だとは、思ったんですが」

「そんなことは、ありませんよ」

と、矢木は、微笑してから、

「まあ、座りませんか」

と、ロビーのソファに、向かい合って、腰を下ろした。

「東京の男女というのは、本当なんですか？」

と、西本がきいた。

「宿泊カードによると、東京、大田区の住所になっていますね。二人とも、二十代です。六階の窓から、飛び降りたんです」

「窓が開くんですか？」

「最近のホテルは、エアコンの関係で、窓が開かないものも多くなりましたが、このホテルは、窓が開くんです。ベランダがついていましてね。ベランダといっても、狭いもので、これが、ぐるりと建物をめぐっています。非常の際に、このベランダに出て、歩いて、非常階段に行くようになっているんです。死んだ若い二人は、窓を開けて、ベランダに出て、そこから、身を投げたんでしょうね。飛び降りたのは、おそらく、夜半で、今朝早く、舗道で死んでいるのを発見されたわけです」

「心中と見ているんですか？」

「今のところ、他殺の線が浮かんできませんからね。六階のツインルームは、荒らされてはいなかったし、金銭などが盗まれた形跡もありません。ドアには、錠がおりていましたが、これは、ドアを閉めれば、自然に錠がおりる形ですので、心中だという証拠にはなりませんが」

「どういうカップルですか？　恋人同士ですか？　それとも、夫婦者ですか？」

「宿泊カードには、岡島友一郎《おかじまゆういちろう》、同久美子《くみこ》と書いてありましたが、夫婦かどうかは、わかりませんね。カードに記入された住所に、今、照会しているところです」

「身分証明書のようなものは、持っていなかったんですか？」

「持っていません。ただ、男の上着に、岡島のネームが入っていましたから、宿泊カードに書かれた名前は、本名だと思っています」

「いつから、このホテルに泊まっていたんですか？」

「三日前からで、今日、チェックアウトすることになっていました」

「つまり、最後の日に、窓から飛び降りて死んだということですか？」

それなら、片平たちの場合に、よく似ていると思った。彼らも、京都での旅行を楽しんだあと、最後の日に、疎水で死んだのだ。

「そうですね」

と、矢木が、肯いた。

「おそらく、京都での最後の日だったと思いますね」

「京都で、どこを回ったかわかりますか？」

「それは、今、調べているところですが、片平さんたちと違って、あまり、写真を撮っていないのです。カメラには、三十六枚撮りのフィルムが入っていましたが、二十二枚しか撮っていませんでしたね。ほかに、撮影済のフィルムもなかったし――」

「よく、京都に来ていたとすれば、あまり、写真を撮らなかった理由は、わかりますね」

と、西本は、いってから、

「二人がいた部屋を、見たいんですが、かまいませんか？」

「もう、鑑識の調査もすんでいるから、かまわないでしょう」

矢木は、西本を、六階のツインルームに案内してくれた。

矢木のいうとおり、部屋は、全く乱れていなかった。物色された気配は、感じられない。

ベッドは、二つとも乱れていたが、これは、彼らが寝たためだろう。それとも、眠ろうとして、展転《てんてん》としていたのだろうか。

西本は、窓のところへ行ってみた。

確かに、二重窓になっていて、外に、ベランダがついている。

〈非常の際は、窓を開けて、ベランダに出てください。ベランダ沿いに、非常口に出れば、

〈安全に避難できます〉

と、その窓のところに、貼り紙がしてある。

西本は、二重になっている窓を開けて、ベランダに出てみた。

ベランダといっても、幅が、わずか一メートルぐらいの狭さである。それに、手すりが、腰の高さくらいしかない。

しかも、六階である。ベランダに立ってみると、目のくらむような高さだった。

この狭いベランダを、カニのように横歩きして、非常階段のあるところまで歩いて行かなければならない。この部屋から、そこまで三十メートルはあるだろう。

高所恐怖症の人間だったら、足がすくんでしまって、一歩も歩けまい。それどころか、目まいがして、墜落してしまうのではあるまいか。

西本が、なかなか、ベランダから戻って来ないので、矢木が心配して、

「大丈夫ですか？」

と、声をかけた。

「丁度、この下に落ちたんですね？」

確認するように、西本は、きき返してから、じっと、手すりにつかまって、下を見下ろした。

舗道が見え、その一部が、血で赤黒く汚れているのが見えた。

西本は、若い男女が、落下していくさまを想像した。それに、疎水に飛び込む片平正と中田君子の姿を重ねてみる。


〈京都情死行〉


そんな言葉が、西本の脳裏をかすめた。

「馬鹿な!」

と、西本は、呟いた。

そんなことが流行してたまるものか。

第二章　ある男女の愛

1

「カメさん、京都にいる西本君を、助けてやってくれないか」

十津川警部は、亀井刑事に声をかけた。

「ニュースで見ましたが、東京から京都へ出かけた若いカップルが、二組も心中事件を起こしたというやつですね」

亀井が、十津川を見て、いった。

「そうなんだ。一組は、西本君の友人でね。彼は、どうしても、心中するような二人ではないといっているんだ」

「私の友人にも、結婚を約束した女性と、突然、心中した奴がいましたね。別に、両親が結婚に反対だったわけでも、莫大な借金を抱えていたわけでもなかった。誰にも、心中の理由は《ヽ》わからずでしたが、心中してしまったんです。自殺の原因なんてものは、外からは、誰にもわからないんじゃありませんかね？」

亀井が、皮肉ないい方をした。

十津川は、笑って、

「そうかもしれんが、西本君の気持ちもわかるんでね」

「京都府警は、どう見ているんですか？」

「一応、調べてみたんだが、どちらのカップルにも、殺されるような理由が見当たらない。そこで、心中事件と考えているようだ。だから、捜査本部は、設けられていない。ただ、京都が自殺の名所、心中の名所になってしまっては、観光都市としては困ると考えているようだよ」

「地元の警察が、心中事件としたものを、こちらで、引っかき回すというのは、どういうものでしょうか？」

几帳面な亀井は、堅いことをいった。

十津川は、手を振って、

「新しい心中事件のカップルの身元を調べるだけだし、京都府警の了解もとってある。最初のカップルのことは、西本君が、よく知っているんでね」

「それだけですか」

「今度のカップルに、心中するだけの理由があれば、西本君も、納得するだろうからね。名前は、岡島友一郎と久美子。年齢や住所は、ここに書いてある。それから、二人の指紋も、電送写真で送って来たから、前科者カードと照合してみてくれ」

と、十津川は、メモと、指紋の電送写真を、亀井に渡した。

「岡島というのは、本名ですか？」

「背広のネームと一致していたというから、本名だろうと、西本君は、いっていたがね」

「調べてみましょう」

と、亀井は、いった。

自分で納得すれば、人一倍やる男である。

すぐ、前科者カードを調べに行った。

女性の指紋に該当するカードは見つからなかったが、男の指紋にはカードがあった。

○岡島友一郎（三十五歳）二十歳の時に傷害事件を起こし、懲役二カ月、執行猶予一年。翌年、再び、傷害事件で、今度は、六カ月間の実刑。いずれも、酒を飲んでの喧嘩である。

これで、岡島友一郎というのが、本名だとわかった。普通、前科があると、ホテルに泊まったときなど、偽名を使うものだが、この男は、本名を書いている。それが、彼の自尊心の表われなのか、それとも、心中覚悟の京都行だったためなのか、もし、後者だったら、西本が何といおうと、心中事件ということで決まりだろう。

前科者カードには、連絡先の住所も書いてある。だが、その住所は、宿泊カードに書いたものとは、違っていた。

2

亀井は、十津川から渡されたメモにあった住所に行ってみた。

大田区の多摩川に近い「富士見荘」というアパートだった。

東京に富士見町という地名や、富士見荘というアパートが多いのは、昔、そこから、富士山がよく見えたからなのだろうが、亀井が着いたところは、付近に、工場や、高層マンションが建ち並んで、とうてい、富士山が見えそうにはなかった。

富士見荘というアパートは、二つの高層マンションに挟まれた形で、その谷間に、ひっそりと建っていた。古びた二階建ての木造アパートで、「不当な退去命令に反対」とか、「横暴な家主糾弾」などという貼り紙が見えるところからみて、持主は、取りこわして、マンションでも建てたいのだろう。

昼近い時間のせいか、アパートの中は、ひっそりとしている。

働く者は、会社なり、工場なりへ出かけているのだろうし、子供たちは、昼寝でもしているのか。

ステテコにランニング姿の中年の管理人が、眠そうに、眼を細めて、亀井を見た。その背中で、扇風機が回っている。

亀井は、警察手帳を見せて、

「このアパートに、岡島友一郎という住人がいたはずなんだが」

と、いうと、管理人は、ちらりと、二階への階段に目をやって、

「二階の六号室ですけど、岡島さんが、どうかしましたか?」

と、きき返した。その口ぶりから見て、岡島が、京都で死んだことは、まだ、知らない様子だった。ニュースは、見ていないのだろうか。

「旅行先の京都で、死んだんだ」

「本当ですか? それ」

「だから、部屋を見せてもらいたくてね」

「岡島さんが、死んだんですか。叩かれたって、死ぬような人には、見えませんでしたがねえ」

管理人は、盛んに首をひねりながらも、マスターキーを持って、管理人室を出て来ると、亀井を、二階へ案内した。

「同居人に、久美子という女性はいなかったかね？」

亀井が、がたぴしする狭い階段を上がりながら、先に行く管理人にきいた。

「岡島さんに、同居人はいませんよ。ひとり暮しです」

「じゃあ、恋人だな。遊びに来ていた女性はいたんじゃないの？」

「ええ。岡島さんに、おれの彼女だと紹介されたことがありますよ」

「名前は？」

「そこまでは、聞きませんでしたね」

管理人は、二〇六号室をあけてくれた。

六畳一間に、トイレと、台所がついているが、バスルームはなかった。

男一人の部屋にしては、小ぎれいに片付いている。

窓を開けると、眼の前に、真新しい十階建てのマンションが、そびえ立っていた。そのマンションに、太陽がさえぎられて、六畳の部屋は、薄暗く、暑い。

（岡島は、毎日、あのマンションの壁を見て、暮らしていたのか）

しかし、だからといって、自殺の動機にはならないだろう。逆に、発奮して、金を貯め、マンションを手に入れようとする男もいるかもしれない。

亀井は、天井から下がっている蛍光灯のスイッチを入れた。

机、衣裳ダンス、オーディオ、テレビ、それに、ギター。そんなものが、ところせましと、六畳の部屋に並べてある。空間は、三畳分ぐらいしかない。そこに、布団を敷いて、寝ていたのだろう。

机の上には、水着姿で、若い女と並んだ写真が、小さな額《がく》に入れて、立ててある。

机の引出しには、女から来た手紙が、ゴムで束ねて入っていた。

どれも、差出人の名前は、柏木《かしわぎ》久美子となっていた。二、三通、抜き出して読んでみた。

いずれも、ありふれたラブレターである。ほぼ、二年にわたるにしては、三十通ばかりと、数が少ないのは、今どきの若者らしく、たいていの用件は、お互いに、電話ですませていたのかもしれない。この部屋には、電話はないが、管理人室の傍に、電話があった。

亀井は、いちばん日付の新しい手紙にも、目を通してみた。

日付は、八月三日になっていた。

今度の京都旅行を楽しみにしていると書いてある。

〈――この旅行で、お互いの愛情が、より強固なものになったら素敵だと思います〉

そんな言葉がある。死を匂わせるような文字は、どこにもない。

もう片方の引出しをあけてみると、大きな封筒が目についた。

取り出して、中身を、机の上にあけてみた。

（おや？）

と、思ったのは、Ｆマンションの１ＤＫの部屋の契約書や、頭金の領収書などが、入っていたからである。

七〇五号室と、部屋《ルーム》ナンバーも、記入してある。値段は、千二百万円だった。

「Ｆマンションというのは？」

と、亀井は、管理人にきいた。

「この前に建っているマンションですよ」

と、管理人は、窓の外の壁を指さした。

「岡島友一郎は、Ｆマンションの１ＤＫの部屋を買うつもりだったようだね？」

「ええ。頭金は払ったし、残りは、会社と銀行で借りたといっていましたよ。結婚したら、そこに住むつもりだったんじゃないですか」

「会社というのは？」

「蒲田にあるＮ化学という大きな会社ですよ」

と、管理人は、教えてくれた。

3

亀井は、すぐ、蒲田駅近くにあるN化学に、足を運んだ。

管理人のいったように、大きな工場だった。

亀井は、木山《きやま》という人事課長に会った。

さすがに、こちらは、岡島友一郎の死を知っていた。

「さっそく、直接の上司が、京都へ行きましたが、私も、びっくりしているんです。なぜ、心中なんかしたんだろうと」

「ここでは、どんな仕事をしていたんですか？」

「プラスチック加工の仕事で、優秀な男でしたよ。去年の十月の人事異動で、主任になっています」

「彼に、前科があるのを知っていましたか？」

と、亀井がきくと、木山は、微笑して、

「知っていましたよ。岡島君が採用されたのは、三年前ですが、そのとき、履歴書に、きちんと、前科も書いてきましてね。酒の上でやったことなので、以後、酒を飲まないようにしているといいました。その言葉どおり、ここへ来てからは、酒の上で問題を起こしたことはありません」

「最近、マンションを購入するので、資金を借りに来ませんでしたか？」

「その話なら聞いています。うちの正社員だし、勤務成績も文句ありませんから、住宅資金として、五百万円を融通することになっていましたよ。京都の旅行から帰って来たら、その手続きをとると、張り切っていたんですがねえ」

わけがわからないというように、木山は、首を振った。

「休暇願は、出ているんですね？」

「ええ。もちろん」

木山は、その休暇願を、亀井に見せてくれた。

確かに、岡島友一郎の休暇願で、期日は、八月十日から十一日まで二日間になっており、理由のところは、旅行となっていた。

「彼の恋人のことは、ご存知でしたか？」

「名前は知りませんでしたが、結婚したい女性がいることは、聞いていました。住宅資金のことで話に来たとき、マンションを手に入れたら、結婚するつもりだといっていましたからね。それで、今度の京都行は、婚前旅行かいといったら、照れていましたね。それなのに、なぜ、心中なんかしたのか、全く理解に苦しんでいるんですよ」

木山は、また、首を振った。

「同僚や、上の者に、前科があることを知られて、からかわれたり、陰口を叩かれたりして、精神的に参っていたということは、考えられませんか？」

「それは、ありませんね」

「いい切れますか？」

「刑事さん。岡島君は、自分から、周囲《まわり》の人間に、前科のあることを話しているんです」

「履歴書に書いただけじゃなくてですか？」

「彼は、実に勇気のある青年でしたよ。彼の職場の人間は、みんな知っています。彼が、堂々と、自分の口からいったからです。最初は、そのために、いろいろと、陰口も叩かれたようですがね。岡島君は、それに、くじけなかった。私はね、刑事さん。過去の傷害事件だって、きっと、悪いのは、相手だったんじゃないか、岡島君は、止むを得ずに、相手を殴《なぐ》って、傷つけてしまったんじゃないかと、思っていますよ」

木山の言葉は、あながち、死者に対するいたわりばかりとは思えなかった。言葉の端々に、真実味が感じられた。

（ますます、自殺が考えられなくなるな）

と、亀井は、思いながら、職場の同僚を紹介してくれるように頼んだ。

4

岡島と同じころに入社し、同じく、主任になっている井上《いのうえ》という二十五歳の青年に、亀井は、工場の中庭で会った。

大きな池と、噴水があり、その傍に、藤棚がある。その下のベンチに、亀井は、井上と並んで、腰を下ろした。

「人事課長のいうのは、本当ですよ」

と、井上は、池に目をやった。

「岡島友一郎は、いつ、自分に前科のあることを、君たちに打ち明けたんだね？」

「僕たちは、三年前に一緒に入社したんだけど、その歓迎会があったんです。一人一人、自己紹介していったんだけど、岡島の番になったら、いきなり、自分には、傷害の前科があると、いったんです」

「みんなの反応は？」

「最初は、びっくりしたし、気味悪がられたり、敬遠されたり、陰で悪くいわれたり、逆に、恐れられたり、いろいろでしたね。しかし、三年も一緒に働いているうちに、彼が、いいやつだということが、わかってきたんです。明るいし、正義漢だし、世話好きだし、今では、職場の人気者だったんです。野球も上手だし、ギターも上手でしたよ。なぜ、彼が自殺なんかしたのか、全くわからないんです」

「京都へ行くことは、知ってたの？」

「ええ。彼女と、四日間、京都へ行くといっていましたからね」

「なぜ、京都へ行ったんだろう？　何か、特別な理由があって、京都へ行ったんだろうか？その辺のことを、聞いていないかね？」

「彼女と知り合ったのが、京都だからじゃありませんか」

「ほう。それを、くわしく話してくれないか」

「なんでも、一昨年《おととし》の夏に、彼は、ひとりで、京都へ遊びに行ったらしいんですよ。そのとき、東京から、こちらもひとりで、京都に来ていた彼女と、知り合ったらしいんです。それで、縁結びの場所になった京都へ、二人で行ったんじゃありませんか」

「柏木久美子という彼女に、会ったことは？」

「ありますよ」

「どんな女性だったね？」

「確か、大学の三年じゃなかったかな。彼が、そういっていたから」

「女子大生ねえ」

亀井が、眼を大きくすると、井上は、むっとした顔になって、

「おかしいですか？　女子大生と、高校中退で、前科のある男じゃ、似合いませんか」

「そんなことは、いってないよ。ただ、ちょっと、意外だっただけさ」

と、亀井は、あわてて、いった。

「ほかにきくことがなければ、仕事があるので」

と、井上は、いい、亀井が、肯くと、さっさと、立ち上がって、職場のほうへ消えて行った。

亀井は、井上という青年に、好感を持った。

死んだ同僚のために、むきになっていた。多分、彼も、高校しか出ていないか、中退なのだろうが、そうした個人的な理由があるにしても、友だちのために、あれだけ、むきになれるのは素敵なことだ。

今の世の中は、誰もが、当たらずさわらずで、なあなあで、生きている。だから、むきになる人間が、新鮮に見えたのだろう。

また、友人を、あれだけ、むきにさせる岡島友一郎も、いい青年だったのだろうと、亀井は、思った。

亀井は、ポケットから、岡島の部屋で見つけた柏木久美子の手紙を取り出した。

住所は、洗足池近くのマンションになっている。

今度は、彼女のことを調べてみる番だった。

岡島友一郎には、自殺する理由がなくても、彼女のほうには、あったかもしれないからである。

5

目蒲線の洗足駅で降りて、問題のマンションに向かって歩きながら、亀井は、通俗的な悲恋物語を、頭の中で、描いていた。

資産家の一人娘が、大学の夏休みに、ひとりで京都に旅行し、そこで、一人の青年に出会って、恋をした。

ところが、その青年には、前科があった。しかも、学歴も釣り合わない。娘の両親は、猛烈に反対する。その男は、金目当てに違いないという。

思いあまった娘は、青年と、思い出の京都に行き、抗議の心中をした――。

そんなストーリーだったが、マンションの前まで来たときには、さすがに、自分の考えた悲恋物語に、自分で照れてしまっていた。

いまどきの若者は、家族の反対ぐらいでは、自殺はしないだろう。自分たちで、勝手に、生活を始めるに違いない。

管理人に、まず、柏木久美子のことを聞いてみようと思ったが、管理人室は閉まっていて、

「外出中」の札が下がっていた。

仕方がないので、手紙に書いてあった四〇六号室に上がってみた。

ドアの前まで行くと、電気のメーターが、勢いよく回っている。

(変だな)

と、思い、ノックしてみると、ドアが開いて、二十歳前後の若い娘が、顔をのぞかせた。

チェーンロックをかけたまま、

「だれ?」

と、きく。

「ここは、柏木久美子さんの部屋だと思ったんだが?」

亀井が、首をかしげながらきくと、女は、

「そうよ」

「君は?」

「あんたこそ、誰なの?」

相変わらず、チェーンロックのかかった細い隙間から、顔を出して、きき返した。

亀井は、警察手帳を見せた。

「へえ。警察の人?」

「君が誰なのか、まだ、教えてくれていないよ」

の?」

「私は、今井友子《いまいともこ》。彼女の友だちよ。この部屋は、共同で借りてるの。彼女が、どうかした
「ニュースを見ていないのかね?」

「夏休みで、一週間、伊豆七島の神津島に行ってたの。ついさっき、帰って来たばかりだから、新聞も読んでないわ。ねえ、久美子が、どうかしたの?」

「京都で死んだんだ」

「うそおッ」

と、今井友子は、大きな声を出した。

「とにかく、このチェーンロックを外してくれないかね。話しにくくて、仕方がないんだが」

「ああ、ごめんなさい」

友子は、やっと、ドアを開けて、中に入れてくれた。

クーラーが、威勢よく、冷風を吹き出している。これでは、メーターが、ぐるぐる回るはずだった。

2DKの部屋である。六畳の部屋が二つ。それを、一つずつ、使っていたらしい。

「久美子が死んだって、本当なの?」

と、友子が、冷えたコーラを出してくれながら、亀井に、きいた。

「岡島友一郎という青年と、京都のホテルの窓から飛び降りて、心中したんだ」

「嘘だわ」

と、友子が、またいった。

「岡島という青年のことは、知っている？」

6

「久美子の恋人のことなら、よく知ってるわ。会ったこともあるもの」

「君の感想は？」

「正直にいうの？」

「そう願いたいね」

「冴えない男だと思ったわ。体だけは丈夫そうだし、係累がないのは取柄だけど、それだけだもの。背は低いし、ハンサムじゃないし、大学卒じゃないし、車は持ってないし、大会社のエリートじゃないし――」

「しかし、柏木久美子は、彼を愛していたんだろう？」

「あたしが、ずいぶん、忠告してやったのにね。どこがいいのか、夢中になってたわ」

と、友子は、肩をひょいとすくめてから、陽焼けした指で、煙草をつまみあげた。

「岡島に、前科があることは、知っていたのかね？」

「そうなのよ。ねえ、刑事さん。いいとこないでしょう？　あたしには、わかんないな。久美子の気持ちが」

「彼女も、当然、岡島に前科があることを知っていたんだろうね？」

「知り合って、すぐ、知らされたんですって。あたしなら、その瞬間に、さよならするわ。そんな男に、出世の見込みなんてないものね。前科があっても、政治家や大金持ちの息子というんなら話は別よ。いくらだって、偉くなれるチャンスがあるもの。でも、岡島クンみたいに、財産もないし、学歴もない、コネもない、それで、前科があるじゃあ、今の世の中で、偉くなれると思う？　人間は、平等だなんていったって、世の中は、そんなに甘いもんじゃないわ。自由と責任って、よくいうでしょう？　自由を楽しむためには、責任の裏付けがなければいけないって、評論家なんかいってるけど、あれは、嘘よ」

「そうかね」

「権力とお金があれば、どんな自由だって持てるわ。しかも、何の責任も負わずにね。たとえば、公園の池の鯉を釣ったら罰せられるわ。お金がないと、駄目なわけ。でも、大金持ちだったらどうかしら？　その公園を買い取っちゃえばいいのよ。そしたら、いくら釣ったって、自由でしょう？」

「そりゃあ、そうだが」

亀井は、友子の奇妙な理屈に苦笑しながら、同時に、何となく、納得できるような気もして、自分で当惑し、顔をなぜた。

「だから、お金がなければ駄目。何の自由もなくなるからよ。岡島クンみたいな男と一緒になったら、責任ばかりで、何の自由もなくなるから、よしなさいって、いってあげたのよ」

「そんな君の哲学に、彼女は、賛成しなかったんだね?」

「彼女、がんこなところがあるからね。彼に前科があることがわかると、余計、自分が、守ってやらなければって気になったんじゃないの。それが、甘いんだって、いったんだけどさ」

「彼女の家族は、どこに住んでるのかね?」

「福島市内で、大きな旅館をやってるわ。あたしも、一度、泊めてもらったことがあるのよ」

「じゃあ、彼女は、仕送りで、優雅に暮らしていたわけだね?」

「最初はね」

「じゃあ、最近は、違っていたのかね?」

「岡島クンと、結婚を考えるようになってから、仕事を探して、働くようになったわ。両親が、結婚に反対するに違いないと覚悟して、自分で働いて、大学を卒業しようと思ってたんだと思うわ」

「けなげじゃないかね？」

「よくいえばね。悪くいえば、馬鹿だわ。彼女ぐらいの美人なら、大学出のエリート社員とだって、結婚できたんだから」

「その彼女が、京都で、岡島友一郎と心中したんだが、君が考えて、理由は、何だったと思うね？」

と、亀井は、きいた。

友子は、「そうねえ」といって、しばらく考えていたが、

「彼女も、きっと、目ざめたのよ」

「目ざめたというと？」

「自分を安売りしちまったってことだわ。自分なら、もっと、価値のある男と一緒になれると、気づいたのよね。あたしが、いつも、口をすっぱくして、いってたんだから」

「それで、彼との間が、うまくいかなくなったと思うわけかね？」

「多分、彼女、岡島クンと別れる決心したんだと思うな」

「君に、そういったのかね？」

「あたしは、さっきもいったように、神津島へ行ってたから、わからないけど、多分、当たってると思うわ。今度の京都行は、彼と別れるためだったと思うんだ。彼をうまく説得して、別れようとしたんだよ。ところが、彼のほうは、きっと、嫌《いや》だといったんだと思う。岡島ク

ンにしてみれば、久美子みたいないい女は、二度と手に入らないものね。それで、彼女は、人が好《い》いから、ずいぶん悩んだんじゃないかな。だから、あたしは、もし、心中したとすれば、岡島クンの無理心中だと思うの。ほかに考えられないわ」

「柏木久美子の性格というのは、どういうものだったんだろう？」

「そうね。今いったように、人が好《よ》かったわ。だから、前科のある岡島クンに同情しちゃったんじゃないかな。あたしなら、同情は同情、好き嫌いは別と、きちんと分けて考えるけど、彼女は、そうはいかなかったんだと思うのよ。何とかいうのがあるじゃない。同情が、愛に変わるとかいう言葉が」

「可哀そうたあ、惚れたってことよ」

亀井が、ちょっと節をつけていうと、友子は、ケラケラ笑い出した。

「面白い刑事さんね」

「人が好いというほかに、柏木久美子の性格は？」

「芯は強かったわよ。そんなところを、あたしは、好きだったんだけど、あんな男と心中するなんて、馬鹿げてるわ。だから、無理心中だと思ってるのよ」

友子の言葉を聞いていると、柏木久美子と岡島友一郎は、合意の心中というよりも、岡島の一方的な無理心中に思えてくる。

「彼女の部屋を見させてもらっていいかね？」

「どうぞ。隣りの部屋よ」

と、友子は、先に立って、隣りの六畳へ案内してくれた。

7

畳の上に、花模様のじゅうたんを敷き、白い洋ダンスや、白いベッドなどが、小ぢんまりと並べてあった。

三面鏡の前には、岡島と撮った写真が飾ってあった。岡島のところで見たのと同じ、どこかに海水浴に行ったときの写真である。

(柏木久美子が、岡島と別れることを考えていたのなら、三面鏡の前に、彼と一緒の写真など、飾っておくだろうか?)

三面鏡の引出しの一つに、岡島から来た手紙が入っていた。

こちらのほうが、久美子が出したものに比べて、少なくとも倍の量はある。それだけ、男のほうが、熱をあげていたということなのかもしれない。

岡島が、最後に出したと思われる手紙は、八月一日の消印だった。

〈――マンションの部屋を買うことに決めて、手続きもとった。君と一緒に見た部屋だよ。

結婚したら、あの部屋で暮らすことにしたい。狭いけれど、当分は、君に我慢してもらわなくちゃね。今度の京都旅行では、君という素敵な人を、僕に紹介してくれた京都の町に感謝して来たいと思っているんだ。君の大学生活のいい思い出になればいいね。

愛してるよ。

友一郎〉

（この旅行で、お互いの愛情が、より強固なものになったら素敵だと思います——とあった久美子の手紙は、この岡島の手紙への返事だったのだろう）

亀井は、そんなことを考えた。

この手紙を見る限り、二人の間に、仲違いなどなかったように見える。心中も、まして、無理心中などは、考えられなくなってくる。

「柏木久美子が、誰かに恨まれていたというようなことはなかったかな？」

と、亀井は、その手紙を、持ち帰ることにしてから、今井友子にきいた。

「そんなことはなかったんじゃない」

「しかし、彼女は、なかなか魅力的だったんだろう？　それなら、彼女に熱をあげた男だって、何人かいたんじゃないかね。そういう男が、岡島友一郎と仲よくする彼女を恨んだということも考えられなくはないと思うんだが」

「彼女は、たいていのことは、あたしに相談してくれてたのよ。岡島クンに前科があることも、話してくれてたしね。誰かに恨まれているとか、脅されてるとかいう話は、一度も聞いたことはなかったわ。このマンションの近くを、変な男がうろついてたなんてこともなかったしね」

「敵はいなかったということか――」

亀井が、呟くと、

「警察は、心中じゃなくて、殺人事件と見てるの？」

と、友子が、険しい眼つきをして、亀井を見た。

「いや、心中だと見ているが、調べてみると、二人には、心中する理由が見つからないのでね」

「だから、あたしがいったように、急に、久美子が目ざめて、彼が嫌になったんだわ。彼女から、別れ話を持ち出された岡島クンは、かッとなって、無理心中に走ったのよ。それ以外に考えられないわ」

「しかし、二人のやりとりしていた手紙を見ると、一生懸命に愛し合っていたように見えるんだがね」

「でも、二人が殺されたなんて、余計に考えられないわ」

「京都で、何か事件に巻き込まれたのかもしれない」

亀井がいうと、友子は、首をすくめて、

「まるで、雲をつかむような話ね。それより、あたしの無理心中説のほうが、説得力があるんじゃないの」

と、自分の意見をゆずろうとしなかった。

もう、ここで調べることもなくなったと、亀井が、帰りかけると、友子が、

「久美子は、どんな死に方をしたの」

と、きいた。

それを、まだ説明していなかったことに気がついて、亀井は、二人が、京都駅の北口にあるホテル・京都の六階の窓から墜落死したことを告げた。

「ホテル・京都って、京都タワーの近くにあるホテルだったわね」

「そうだ」

「あたしも、今度行ったら、そこに泊まろうかな」

「というと、君も、京都へ行くのかね？」

「神津島で仲よくなった男の子が、今度、京都へ行こうっていってるの。もし、行ったら、久美子の死んだ場所に、花束をささげてくるわ」

「君は、その男の子と、京都で心中したりはしないだろうね？」

亀井が、冗談半分にきいてみると、友子は、

「あははは」

と、口を開けて笑って、

「心中なんかするはずがないじゃないの。楽しむために、生まれてきたのよ。それに、まだ二十歳だもの。死んでたまるものですか」

「その男の子が、君と無理心中しようとしたらどうするね？」

「そんな奴、蹴っ飛ばして、あたし一人が生きてやるわ。それに、そんな深刻なつき合い方しかできない奴は、最初から、敬遠するから、大丈夫よ」

「神津島で知り合った男の子は、そういう、軽い感じの男性かね？」

「感じのいい子よ。彼となら、深刻にならずに、楽しくつき合えるわ」

「しかし、神津島から帰って来て、すぐまた、京都へ行くというのは、よく、金が続くもんだね」

亀井が感心すると、友子は、クスクス笑って、

「京都は、もちろん、彼が全額もってくれるのよ」

と、いった。

8

亀井は、警視庁に帰ると、十津川に、

「どうも、よくわかりません」

と、正直に、いった。

「カメさんらしくもないじゃないか。心中するような理由は、見つからなかったということかい？」

十津川にきかれて、亀井は、岡島友一郎と、柏木久美子との間に交わされた手紙を見せた。

「お読みになるとわかりますが、二人は、愛し合い、結婚する気でいたようです。私のような中年の人間が見ると、けなげな感じがします」

「京都旅行が、二人の愛を、より深めるためのものだとすると、心中する理由は、確かになくなってくるね」

「女が、いい家の娘で、大学生であるのに対して、男のほうは、高校中退で、前科もあります。N化学という大きな会社に勤めていますが、ホワイトカラーではなく、ブルーカラーです。しかし、私の見るところ、そのギャップは、二人の間に、垣根を作るどころか、二人の間の愛を高めていたと思えます」

「だから、けなげと、カメさんは、いうわけだね」

「そうです。柏木久美子と同居していた女の子は、岡島のほうからの無理心中に決まっているといってましたが、私には、どうしても、そうは思えないんです。岡島には、ちゃんとした仕事があるし、マンションも購入することに決まっていました。1DKという狭い部屋ですが、二十代の二人が出発するとすれば、たいてい、そんなものだと思うんです。どう考えても、この二人が、旅先で心中するとは思えないのです」

「心中でないとすると、殺されたことになってしまうが」

「西本君も、そう思っているわけでしょう？」

「彼は、友人とその恋人は、絶対に、心中などしないと思っているからね。殺されたとしたら、犯人の動機は何かを、今、京都で調べていると、連絡してきた」

「何かの事件に巻き込まれたというのは、どうでしょうか？」

と、亀井は、十津川を見た。

「だがねえ、カメさん」

と、十津川は、首をかしげて、

「一組の男女が、たまたま、京都で、何かの事件に巻き込まれて、心中に見せかけて殺されたというのならわかるんだが、続けて、二組もだからね。しかも、この二組は、死んだ場所も違うし、日時も違うんだ。何かの事件に巻き込まれたとしても、そんな偶然が、二度も、続くものだろうか？」

そんな十津川の疑問は、もっともだった。

すると、やはり、京都府警が考えるように、二組の男女は、心中ということになるのだろうか？

「あまりいい知らせは、西本君に、送れませんね」

と、亀井は、いった。

9

西本刑事は、泊まっているホテルで、亀井からの電話を受けた。

「――というわけで、岡島友一郎と、柏木久美子の二人には、心中しなければならないような事情はなかったと思う。といって、誰かに恨まれていた形跡もないんだ。どっちつかずの答えで、君には、悪いんだがね」

と、亀井が、いった。

「それで結構です。私の友人の片平と、彼の恋人との間にだって、心中しなければならないような事情はなかったんですから」

「じゃあ、君は、片平正という君の友人が、恋人と一緒に、京都で殺されたと思っているのかい？」

「疎水で死んでいたんですが、金網があって、中には入れないようになっています。ですから、過って落ちて溺死したとは、とうてい思えません。事故死の線は、ないと思っているんです。この点は、京都府警も同意見でした。残るのは、心中か、他殺かなんですが、私は、どうしても、片平が心中したなんて、思えません」

「他殺の線は、少しは出て来たのかね？」

「それが、今のところ、全く出て来ていません」

と、西本は、正直にいった。

すでに、三日目が、終わろうとしている。休暇は、日曜日があったので、あと二日間である。その二日の間に、友人の片平たちが、疏水に突き落とされて殺されたという証拠が、見つかるという自信はない。

「京都府警は、協力してくれているかね？」

と、亀井が、きいた。

「矢木という刑事が、一生懸命に、やってくれていますが、何しろ、向こうさんは、この事件を、心中だと考えていますから」

「もし、殺されたんだとしたら、何かの事件に、この二組の男女が巻き込まれて殺されたのではないかと、私も、警部も考えたんだが、そういう感じはどうかね？」

「実は、私も、それを考えてみましたが、それらしい事件が、ここ一カ月の間、京都では起きていないんです。京都府警で調べてもらったところ、殺人事件や、詐欺事件などが、ここ一カ月間に、十九件起きていますが、いずれも、犯人が逮捕され、解決しているんです。未解決の誘拐事件というのもありませんから、どうも、別の事件に巻き込まれたという考えは、当たっていないような気がします」

「すると、君は、この二組の男女が、犯人に狙われて、殺されたと思うのかね？　心中に見せかけて」

「心中でなければ、そういうことになります」

「動機は、何だと思うんだね？」

「それも、全くわからないんです」

と、西本は、いった。

二組とも、何も盗られていなかった。財布は、そのままだったし、腕時計もつけていた。何か、盗られているのかもしれないが、今の段階では、全く、見当がつかない。

「それで、今は、何を調べているのかね？」

と、亀井が、きいた。

「二組の共通点を探しています」

「それはいい。何か、共通点が見つかったかね？」

「二組とも、まだ、正式に結婚していない若いカップルです。また、東京から新幹線で京都へやって来ています」

「しかし、そんなカップルは、いくらでもいるんじゃないかね」

「もう一つ、二組のカップルが、京都で見物した寺や神社の中で、いくつか、共通した場所があります」

「おい、西本君」

「はい」

「京都へ昼寝をしに行く観光客なんか、おりゃあせんよ。たいていの観光客が、古い神社仏閣を見に行くんだ。見物した寺や神社に、共通したところがあるのは、当たり前のことじゃないかね？」

「そのとおりなんですが、ほかに、共通点が見つからないので」

と、西本は、いった。

心細いことは、西本自身が、いちばんよく知っていた。

そんな共通点では、何もわからないと同じなのだ。

十二日になると、京都府警の矢木刑事は、市内で起きた殺人事件の捜査にあたることになり、西本の手伝いはできなくなったと、いって来た。

それは、当たり前だったかもしれない。

京都府警は、もともと、二組の男女の死を、他殺ではなく、心中事件と見ていたからである。

十二日、十三日と、西本は、京都市内を歩き回った。

真夏のうだるような暑さの中で、西本は、疲れ切ってしまったが、依然として、何一つ、つかめなかった。

もし、殺されたのなら、何か、それを示すものがあるのではないか。犯人の痕跡でもいいし、目撃者でもいい。何か、見つかるのではないか。

それを期待して、西本は、炎天下の京都の街を歩き回ったのだが、たった一人での聞き込みには、限度があった。

他殺の証拠が、何一つ見つからないうちに、四日間の休暇が、終わってしまった。

これ以上のわがままは、許されない。

仕方なく、西本は、後ろ髪を引かれる思いの中を、新幹線で、東京に帰った。

休暇から帰った若い西本を、遊ばせておくほど、東京は、平穏な街ではなかった。

たちまち、その日のうちに、殺人事件の捜査にかり出されて、広い東京の街を、駈けずり回らなければならなくなった。

一つの事件が解決すると、エアポケットのような一瞬がくる。

疲れ切った体を休めて、煙草を吸いながら、近くにあった夕刊を引き寄せた西本は、社会面を広げて、

「あッ」

と、声をあげた。

「どうしたんだ？　西本君」

亀井が、声をかけた。

「これを見てください」

西本は、亀井の前に、その新聞を持っていった。

「変わった事件でも出ているのかね？」

「ここですよ。また、京都で、東京から来た若いカップルが心中と、出ています」

「またかい」

亀井は、紙面をのぞき込んだ。

なるほど、大きな見出しで、

〈京都で、また、東京の若いカップルが心中〉


と、書いてあった。

三番目の心中事件ということに力点を置いた書き方だった。

その記事を、目で追っていた亀井が、急に、眼を光らせて、

「ちょっと、待ってくれよ」

と、新聞を取り上げて、眼を遠ざけた。

「カメさんも、とうとう、老眼になったらしいね」

近くにいた同僚が、からかったが、亀井は、そんな声も聞こえない様子で、じっと、記事を読みふけっていたが、読み終わると、小さな溜息をついた。

「カメさん。どうしたんです？」

不思議そうに、西本が、亀井を見た。

「ここに出ている女のほうを、知ってるんだよ」

と、亀井は、いった。

10

〈今日午前三時ごろ、ホテル・京都脇の路上に、若い男女が、血に染まって倒れているのを、巡邏《じゅんら》中の警察官が発見し、直ちに、近くのN病院へ運んだが、すでに、死亡していた。調べたところ、この男女は、ホテル・京都の五階のダブルルームに、三日前からチェックインしている北川邦夫《きたがわくにお》さん（二三）と、今井友子さん（二〇）の二人と判明した。二人は、東京のK大とM大の学生で、何かの理由で、五階の窓から飛び降り心中を図ったものと思われている。

ホテル・京都では、八月十一日（火）にも、六階のツインルームに泊まった東京の若いカップルが、飛び降り自殺しており、八月五日に、平安神宮近くの疎水に身を投げて心中したカップルと合わせると、これで、三組目であり、京都府警では、観光都市・京都が、これでは、心中の名所になってしまうと、心配している〉

「カメさんは、この今井友子という女子大生を、ご存知なんですか？」

西本が、亀井にきいた。

「一度、話したことがあるんだ。前に、同じホテルから飛び降りて死んだカップルの女のほうね。名前は、柏木久美子というんだが——」

「その名前は、覚えていますよ」

「彼女のことを、君に頼まれて調べたときだ。彼女は、大田区洗足のマンションに、同じ女子大生と、共同で住んでいたんだが、その同居人が、今井友子なんだ」

「本当ですか？」

今度は、西本が、変な声を出した。

「間違いないね。名前を覚えているし、新聞に出ている顔写真は、間違いなく、あの女だよ。それに、近く、神津島で知り合った男の子と、京都へ行くと、いっていたんだ」

「カメさんは、このカップルも、心中したんだと思いますか？」

「いや。全く思わないね」

亀井は、きっぱりといった。

亀井と、西本は、その新聞を、十津川のところへ、持って行った。

「これは、どう考えても、おかしいと思います」

と、亀井が、いった。

「三組ものカップルが、心中したことがかい？」

十津川は、新聞記事と、二人の部下の顔を、交互に見て、

「カメさんは、いろいろと調べた結果、心中以外は考えられないと、結論したんじゃなかったのかね？」

「前のときは、そう思いました。他殺にしては、動機が不明だったからです。しかし、この今井友子という女には、死ぬ前に会って、いろいろと、話をしました。彼女は、絶対に、自殺なんかする女じゃありません」

「その理由は、何だね？」

「今井友子の性格です。私は、これでも、人を見る眼はあるつもりです。あの女は、自殺するような弱い女じゃありません。あっけらかんとしていて、楽しく生きることだけを考えていました」

「しかし、男に強く誘われたら、同情からだって、一緒に、飛び降りるかもしれないよ。特に、女性というのは、同情から自殺することが多いからね」

「いや、それもありませんね。というのは、私が会ったとき、この男のことも、彼女は、話

していたんです。神津島で知り合った大学生で、のんきで、深刻なことは考えない男だといっていました」

「それは、確かかね？」

「彼女が、近く、彼と京都へ行くことになっているというので、私は、まさか君も、柏木久美子みたいに、男と心中するんじゃあるまいね、ときいてみたんです」

亀井がいうと、十津川は、「ほう」と、膝を乗り出して、

「それで、今井友子は、何と答えたのかね？」

「確か、こうでした。私は、男とは、心中するような深刻な関係にはならない。楽しくやっていく。それに、もし、男が、無理心中を迫ってきたら、蹴飛ばして、自分だけは、助かるつもりだといっていましたね」

「柏木久美子が死んだのと同じ、ホテル・京都へ泊まったのは、なぜだろう？」

「私が、ホテル・京都の名前をいったところ、そこへ泊まって、友だちが死んだ場所に、花束を置いて来ようといっていましたから、それででしょう」

亀井がいうと、十津川は、すぐ、近くにあった電話で、交換手に、

「京都府警を呼び出してくれ」

と、いった。

京都府警の矢木刑事を出してもらうと、

「新聞に出ていたホテル・京都の新しい心中事件だがね」

「ああ、あの事件ですか」

という矢木刑事の声が聞こえた。

「前に、心中があったところと、近いのかね？」

「二メートルぐらいしか離れていない場所に墜死したんです」

「前のカップルが死んでいた場所だが、そこに、彼女が、花をたむけていなかったかね？」

「ちょっと待ってください。現場検証した男に聞いてきますから」

と、矢木の声が、いったん聞こえなくなって、五、六分で、また戻ってきた。

「わかりました。黄色い花束が、置いてあったそうです。最初は、今度の事件のものかと思って、ずいぶん、早手回しだと思ったらしいんですが、場所が違ったそうですよ」

「その花束の主が誰か調べてくれないか」

「何か、それが、重要なんですか？」

「ひょっとすると、今度、墜死したカップルが、花束の主かもしれないんだ」

「わかりました。すぐ、調べてみます」

と、矢木刑事は、いった。

「捜査一課長さんに、よろしく伝えてくれ」

と、いってから、十津川は、電話を切り、あらためて、亀井、西本の二人を見た。

「花束はあったそうだよ。まだ、今井友子という女性が、たむけたものかどうかは、わからないがね」

「警部は、どうお考えになりますか？　京都情死行の流行だと、お考えになりますか？」

と、亀井が、きいた。

「私にもわからんよ。自殺や、心中というのは、流行するものだが、異常だということだけは、はっきりしている」

「京都府警は、どう考えているんでしょうか？」

今度は、西本がきいた。

「そうだね。今の矢木刑事の語調や、新聞記事で見る限りは、心中事件の流行と見ているんじゃないかな。われわれだって、他殺の証拠がなければ、動きがとれんからね」

「しかし、警部。今井友子は、自殺はしない女です」

「私の友人の片平もです」

西本が、続いて、いった。

それを、亀井が、引き取る恰好で、

「自殺も、心中もしないと思われる三組のカップルが、東京から京都に出かけて行って、死んでいるんです。第一組については、西本君が、心中なんかするはずがないといっています。第二組の岡島友一郎と、柏木久美子の二人は、けなげに愛し合っていて、心中するような感じは、全くありません。第三組の今井友子と、北川邦夫についていえば、男のほうは知りませんが、女のほうは、第二組とは逆の、いわば明るすぎて、自殺するとは思えないんです」

「じゃあ、男のほうを調べて来たまえ」

「は？」

「男のほうが、わからないというんだろう。それなら、君たちで、この北川邦夫という学生を調べたらどうだといってるんだ。ひょっとすると、他殺の線が出てくるかもしれんよ」

十津川が微笑した。

11

Ｋ大の事務局に、電話をかけ、夏休み中でも、残っていた職員に、北川邦夫の住所をきいた。

四谷三丁目近くのマンションだった。

亀井と、西本は、そのマンションに行ってみた。

「大学生が、マンションに住む世の中かねえ」

亀井は、地下鉄を四谷三丁目で降りて、マンションに向かって歩きながら、皮肉な目つきをした。

「スポーツカーを乗り回している大学生も多いですよ」

と、西本がいった。

十階建てのマンションは、地方から上京した学生向けの賃貸形式になっていた。1DKの部屋だけで、食事つきで、一カ月二十万円だという。それでも、親は、喜んで、子供のために払うものとみえ、空室はなく、駐車場には、西本のいったスポーツカーが、ずらりと並んでいた。

一階の広いロビーに、勉強室もついている。

亀井たちは、ロビーで、ここに住み、北川と同じK大に通っているという二人の青年から、死んだ北川について、いろいろと、聞くことができた。

「あいつは、面白い奴だよ」

と、一人が、いった。

「どういうふうに面白いんだね？」

亀井が、きいた。

「つき合ってて、こっちが、全く、負担を感じなくていいんだ。話していて、楽しいし、べたべたしないんだよ。金回りもいいしね。気前もよかったな」

「今井友子という女性のことは、知っていたかね？」

西本がきくと、もう一人の小柄な学生が、

「神津島へ行ったとき、遊んだM大の学生だっていってたね。あいつには、沢山、ガールフレンドがいたから、その中の一人だったんじゃないの。気軽に遊べる相手だとも、いってたから」

「その女性と、京都で、心中したと新聞に出ていたんだが、どう思うね？」

「あいつは、女と心中するような男じゃないよ」

と、片方が、ニヤニヤした。

「じゃあ、どうして、女性と二人で、ホテルの窓から墜落死したんだと、思うね？」

亀井がきいた。

北川邦夫の友人二人は、顔を見合わせていたが、

「そいつは、多分、女と二人で、窓から体を乗り出していて、落っこちたんじゃないかね。馬鹿げた想像だけど、そんなことぐらいしか、考えられないね。女と遊び回るのは好きだったけど、真剣につき合うのは、ごめんだと、常々、いっていたんだ」

「女のほうも、同じようなことをいっていたがね。今は、人生を楽しみたいとね」

亀井がいうと、友人の片方は、わが意を得たりというように、

「だから、北川と、彼女は気が合って、京都へ行ったんじゃないの。それが、自殺、それも、心中なんかするはずがないね」

「すると、君たちは、過って、落ちてしまった、つまり、事故死だと、思っているのか

ね？」

「ほかに、考えようがないものね。あいつが、女と心中するはずもないし、憎まれて、殺されるような悪党でもないしね」

学生二人は、あっけらかんとして、いった。

二人の口ぶりからも、北川邦夫という青年の輪郭が、わかってくる感じだった。

悪人ではないが、ちょっと無責任で、人生を楽しく過ごすことだけを考えている青年である。

遊ぶ相手としては、面白い。しかし、真剣な話になると、敬遠してしまう。スポーツカーも持っていて、北川の実家の親は、裕福な医師だという。

こんな男は、女とは、楽しく過ごすことは考えるだろうが、心中などはしないだろう。

北川邦夫と、今井友子は、よく似ているのだ。二人とも、自殺も、心中もするタイプではない。

（しかし、こんな二人を、殺す人間がいるのだろうか？）

とも、亀井は、考えていた。

第三章　嵯峨野

1

三組もの若い男女が、京都で、相次いで死ねば、ニュースにならないほうが、おかしかった。

新聞は、殺人か心中かわからないという書き方をしていたが、テレビが取り上げ始めると、これが、心中説に傾いていった。女性週刊誌になると、もっと極端で、三組とも、心中と、決めつけるような書き方になった。

まるで、京都という町は、殺人よりも、心中事件が似合うとでもいいたげな書き方である。

どんな町にだって、殺人事件は似合いはしない。同じように、心中事件が似合う町だって、ありはしないのだ。

どんなに、表面上は、甘く感傷的に見えようと、死に変わりはない。

だが、女性週刊誌は、三組の死を美化するような書き方をしている。そうしたほうが、雑誌が売れると判断したからだろうが、妙な空気が生まれることを、十津川は、恐れた。死は恐ろしい。だが、同時に、甘美でもある。死は、全てを美化してしまうからである。

それに、いつも、自殺や心中は、流行することも、十津川が心配したことの一つだった。戦前、伊豆大島の三原山で女学生が投身自殺したことがあったが、その年、同じ三原山で、何人もの自殺者が続いた。

戦後も同じである。富士山麓の樹海で、自殺や、心中が相次いだこともある。なにも、景色のいいところばかりとは、限らない。東京の高島平団地でも、屋上からの自殺が続いて、住民を困惑させたことがあった。

京都のような有名観光地なら、なおさらではないかという危惧を、十津川は、持った。

〈なぜ、若者は、京都で死ぬのだろうか？〉

〈なぜにあなたは、京都で死ぬの——そんな言葉を投げかけたいような、心中事件が京都で〉

そんな言葉が、週刊誌をかざっている。一見、心中をやめるように呼びかけていると見えて、実際には、心中をあおっているようなところがあった。

十津川の危惧は、適中した。

その後、二組の男女が、たて続けに、京都で心中したからである。

この二組は、遺書を残していたし、何よりも、前の三組と違って、京都市内の観光は、ほとんどせず、一組は、嵯峨野の竹林の中で毒を飲んで死に、もう一組は、泊まっていたホテルの四階から飛び降りて死んだ。

二組とも、まるで、死ぬために京都へ来たようなものである。

「困ったものだ」

と、十津川は、新聞を読んで、溜息をついた。

「心中事件が流行しそうだからですか？」

亀井が、きいた。彼だって、嫌な気分だった。彼ぐらいの年齢になると、若いときよりも、いっそう、生命の大切さがわかってくる。いや、正直にいえば、死ぬのが怖くなっている。若いときは、死ぬことは、さして怖くなかった。それが、四十歳を過ぎて、怖くなったのは、自分一人だけの命ではなくなったこともある。彼には、妻もいれば、子供も二人いる。彼らのためにも、死ねないのだ。

「それもあるがね」

と、十津川は、肯いてから、

「今度の二件は、明らかに、心中だ。問題は、前の三件だが、心中ブームにあおられて、全て、心中で片付けられる恐れがある。私が不安なのは、そのことだよ」

「では、警部も、心中ではなく、殺人だと思われるわけですか？」

「君や、西本君が、いくら調べても、心中しなければならない理由は、見つからなかったんだろう？」

「そのとおりですが、同時に、彼らが殺されなければならない理由も、全然、見つからないんです」

「君自身は、どうなんだ？　殺人だと思うのかね？」

「正直にいって、わかりません。しかし、三組ものカップルが、理由もなく死んでいるんです。はっきり、理由がわかるまで、調べたいと思っています」

2

「よし。京都府警と共同して調べることにしよう。もし、これが、連続殺人なら、大変なことだからね」

十津川は、決断した。

十津川は、三組の名前を、黒板に書いた。

(片平　正(26歳)

中田君子(22歳)　平安神宮近くの疏水で溺死　八月五日

(岡島友一郎(25歳)

柏木久美子(20歳)　ホテル・京都から墜死　八月十一日

(北川邦夫(23歳)

今井友子(20歳)　ホテル・京都から墜死　八月十五日

「まず、この三組が、何者かに殺されたとすれば、何か共通点があるはずだ。それを考えてみようじゃないか」

と、十津川は、亀井と、西本の顔を見た。

「どんなつまらないことでもいいですか？」

西本が、きいた。

「ああ、かまわんさ。どこに、事件の謎を解くカギが隠されているか、わからんからね」

「三組とも、東京の若者です」

「その調子で、一つずつあげていこう」

「当然かもしれませんが、三組とも、新幹線で、京都へ行っています」

「特別に、グリーン車に乗ったということはないのかね？」

「それは、わかりませんが、新婚旅行ではありませんし、特に、岡島友一郎の場合は、やっと、二人のためのマンションを、ローンで買うめどがついたばかりですから、グリーン車は、利用しないと思います」

「それも、そうだな。ほかには？」

「岡島友一郎、柏木久美子のカップルと、北川邦夫と今井友子のカップルは、同じホテル・京都に泊まっていますが、最初のカップルが違うホテルですから、これは、共通点とはいえませんね」

と、亀井が、考えながらいった。

「三組のカップルの職業も、ばらばらです」

と、西本が、いった。

「片平たちは、エリート社員と、同じ会社のＯＬですし、次は工員と女子大生、三組目は、学生同士です。共通点はありません」

「年齢は、全員二十代ですが、これは、偶然でしょうか？　それとも、殺される理由になっていると、警部は、お考えになりますか？」

亀井が、きいた。

「犯人が、被害者のことを、どこまで知って、殺したかということになるんだが、都内での住所や、勤め先なんかは、ばらばらで、職業もまちまちだ。柏木久美子と今井友子は同じ部屋に住む友人だが、その他は、お互いに顔も合わせたことがないと考えられる。そんな六人について、犯人が、年齢まで知っているとは思えないんだよ。だから、二十代というのは偶然だと思うね。三十代でもよかったんじゃないだろうか」

と、十津川が、いった。

「もう一つ、全部のカップルが、恋人同士ですが、正式に、まだ籍が入っていません。新婚旅行というわけではなく、最初の二組は、いってみれば、婚前旅行のようなものです。三組目のカップルは、ただの遊びの関係だったかもしれませんが、二人が死んでしまった今となっては、よくわかりません」

亀井が、メモを見ながらいった。

「つまり、正式のというのはおかしいが、新婚旅行だったら、殺されなかったのではないかと、カメさんは、いいたいのかね？」

「今度の事件が殺人事件とすると、全く、動機がわからないので、あれこれ考えているわけですが、その一つとして、考えただけのことなのです。犯人が、異常に道徳的だったとすると、新婚旅行で京都を訪ねて来るカップルや、夫婦者なら許せるが、そのどちらでもない若い男女のカップルに対して、激しい嫌悪感を持ち、心中に見せかけて、殺してしまったのかもしれない。そんなふうにも、考えてみたんですがね」

亀井は、ちょっと照れたような顔でいった。

少しばかり、飛躍しすぎた考えだと、自分でも思ったからである。

しかし、十津川は、笑わなかった。

「なかなか、面白い考えだよ」

と、十津川は、いった。

今度のような、わけのわからない異常な事件のときには、常識的な考えより、飛躍した考えのほうが、事件解決の力になるのだ。

「伝統ある古都には、そういう不道徳な男女は、入って来てもらいたくないという犯人の意志が、ああした形で現われたと見るわけだね？」

と、十津川は、亀井を見た。

「そんなことを考えてみたんですが、私の勝手な想像かもしれません」

「そうだな。面白い考えだが、外見からだけでは、新婚旅行か、それとも、ただの男と女のカップルか、わからないはずだからね。犯人に、それがわかる理由があれば、君の意見は、もっと、重味を持ってくるんだが」

と、十津川は、いってから、

「ほかに、何か共通点があるかね？」

と、若い西本にきいた。

「私が考えているのは、片平たちが、どこで犯人に出会ったかということです」

西本は、疲れの見える青白い顔でいった。

「それをくわしく話してくれないかね」

「片平は、何か不吉なものを、京都に感じていたとは思えません。彼は、用心深い男ですから、もし、そんな予感があれば、京都行を中止するか、私に、何かいっていたと思うのです。何も予感していなかったからこそ、いそいそと、彼女を連れて、京都へ出かけたんだと思います」

「ほかの二組のカップルも、同じだと思うね。少なくとも、三組目の今井友子は、友人の柏木久美子が京都で死んでいるにもかかわらず、全く恐怖を感じていなかったね。それは、私が保証するよ」

「とすると、彼らは、京都へ着いて、突然、犯人にぶつかったことになります。しかも、彼らは、やすやすと殺されています。片平は、別に、筋骨逞《たくま》しい男というわけではありませんが、それでも、普通の青年の体力は持っていました。それなのに、簡単に、疎水に突き落とされています。彼は、泳ぎが下手でしたから、突き落とされてしまえば、溺死は仕方がないと思いますが、それにしても、やすやすと、殺されてしまっているのが、不可解です」

「だから、地元の京都府警は、心中と見ているんだろうね」

「あとの二組も同じです。ホテル・京都のベランダは、非常に危険です。それで、窓のところには、非常のとき以外は、窓を開けて、ベランダへ出ないでくれと書いてあるのです。それなのに、二組とも、窓を開けて、ベランダに出て、墜死しているのです」

「その点について、君は、どう考えているのかね？」

3

十津川は、煙草に火をつけ、ゆっくりと西本の考えを聞く姿勢をとった。とにかく、今度の事件で、もっともよく、京都の事情を知っているのは、西本刑事だったからである。しかも、死んだ六人の中の一人は、西本の友人である。

「二つの考え方があります」

と、西本は、いった。

十津川と、亀井は、黙って、西本の説明を聞いている。

「一つは、だから、三組とも、他殺ではなく、心中だという考え方で、今のところ、そのほうが、説得力があります。しかし、私は、心中を信じません。となると、彼らは、犯人が近づいて来たのに、それに気づかなかったということになります。それだけでなく、自分たちが、犯人に殺意を抱かせたことに、気づかなかったに違いないということです」

「それは、考えられるね。しかし、漠然としすぎているな。なぜ、六人の男女が、犯人の存在に気づかなかったのか、なぜ、相手を怒らせたことに気づかなかったのか、それがわからないと、犯人は、見つからないだろう」

と、十津川は、いった。

「そうです。しかし、今のところ、私にも、二つの理由とも、全く想像がつかないのです。そこで、三組が、京都で、どこに行き、誰に会ったのか、その行動の中に、共通点はないかを、調べてみたいと思いました。片平正、中田君子の二人については、二人が撮ったフィルムから、どこを見て回ったか、わかりました」

西本は、それを、黒板に書き出した。

「次の岡島友一郎と柏木久美子ですが、こちらも、撮ったフィルムで、どこへ行ったかわかりました。最後の北川邦夫と今井友子のカップルについては、今、京都府警の矢木刑事が調べてくれています。この二人も、男のほうが、カメラを持っていましたから、何とかわかると思います」

その報告は、四十分後に、京都府警から、電話で知らせて来た。

あらためて、黒板に、あとの二組の見物した場所が、書き出された。

年代が近いカップルのせいだろうか、それとも、東京の人間が抱く京都という街の姿が似ているせいか、あるいは、「アン・アン」といった雑誌の記事のせいなのか、三組のアベックが共通して、足を運んだ場所が、いくつもあった。

嵯峨野　念仏寺　直指庵

大原の里　三千院

哲学の道　南禅寺　銀閣寺

「ふーん」

と、亀井が、黒板を見て、鼻を鳴らして、

「私たちは、京都というと、すぐ、清水寺とか、金閣寺とか、桂離宮を思い出すんですがねえ」

「それに、龍安寺の石庭や、京都御所、平安神宮だろう?」

と、十津川が、笑った。

「そういうものが、三組の若いカップルの共通した見物コースから外れているというのは、やはり、女性雑誌の影響なんでしょうか?」

「そうだろうね。誰もが行くような場所へは行きたくないということなんだろうが、だからといって、みんなが、嵯峨野や、大原へ行けば、同じことだがね」

「念仏寺や、直指庵というのは、明らかに、雑誌の影響ですね」

と、西本がいった。

「私は、両方とも、まだ、行ったことがないんだが」

亀井が、いう。

「念仏寺は、石仏が沢山あるので、有名な寺です。数は、数千といわれています」

西本が説明すると、亀井は、「ああ」と肯いて、

「石仏が、ずらりと並んでいて、その一つ一つに、ろうそくを灯している写真を見たことがあるよ。あれは、なかなか、見事なものだね」

「あの光景に憧れて、最近、やたらに、若い女性が押しかけて来るそうです。それで、石仏の間を歩き回るので、ろうそくの火で、火傷でもしないかと心配で仕方がないんだと、寺の人は、いっていましたね。昔は、敬虔《けいけん》な人たちだけが、念仏寺へ出かけ、石仏を拝んだんでしょうが、今は、ロマンチックな景色に憧れて、集まってくるんでしょうね。私が行ったときも、若い女性で、いっぱいでしたね」

「直指庵というのも、昔は、京都を代表する寺じゃあなかったがね。なぜ、三組の男女が、行ったのかね？」

亀井が、不思議そうにきいた。

「ここは、小さな尼寺です」

「尼寺かね。しかし、京都には、尼寺は多いんだろう？」

「沢山あります。直指庵なんかより有名な尼寺も、多いんです。ところが、直指庵だけが、若者たちの間で有名になってしまったのは、この寺に備えつけてあるノートのせいですね。何年も前から、この寺では、『想い出草』と名付けたノートを置いてあって、それに、若者たちが、思い思いの言葉を書きつけたんです。それを、雑誌で取り上げてから、急に有名になったということです」

「『想い出草』か――」

と、十津川は、呟いていたが、急に、眼を光らせた。

「三組とも、若い男女だ。その六人が、直指庵に行ったとすると、そのノートに、何か書きつけているかもしれんな。そこに、事件解決の手がかりになるようなものが書いてあったと、思うんだが」

「すぐ、京都府警の矢木刑事に、電話で頼みますか?」

西本がきくのへ、十津川は、「いや」と、首を振った。

「京都府警は、もともと、心中説なんだ。どうしても、気を入れて調べないだろう。だから、君とカメさんとで、直接、直指庵へ行って、調べて来てくれないか。三組の男女が死んだのは京都だが、東京の人間だからね。それに、これからだって、同じように、殺されるカップルが出るかもしれないんだ」

4

亀井と西本の二人は、その日のうちに、京都に向かった。八月十九日である。

ひかりの車内は、かなり混んでいた。若者が多いのは、まだ、夏休み中だからだろう。

京都に着いたのは、昼近くである。観光客は、ぞろぞろと、改札口のほうへ歩いて行くが、亀井たちは、山陰本線に乗り換えた。

山陰本線を、鈍行で四つ目の嵯峨駅で降りる。

古めかしい駅である。改札口を通ると、まだ、夏の陽差しが、ギラッと照りつけている。

それでも、若い女性が、ぞろぞろと、改札口を抜けてくる。嵯峨野見物の若者たちである。圧倒的に、女性が多い。中には、男女のカップルも混じっているが、その数は、多くなかった。

直指庵はどこかと、きく必要もなかった。

若い女性たちが、歩いて行く方向が、決まっていたからである。

嵯峨野は、昔から、京都に住む公卿たちの別荘のあったところだった。京都の奥座敷ともいわれている。

ここには、三十八の寺と庵《いおり》があるのだが、若い女たちの足は、直指庵に向かっていた。

亀井たちも、彼女たちのあとに続いて、歩いて行った。細い登り道を歩いて行くと、そこに、小さな庵があった。

「直指庵」という額がかかっている。

靴を脱いで、上がってみる。

庇の深い部屋の中は、夏の陽差しをさえぎって、うす暗かった。

三つの部屋には、「想い出草」と書かれた十冊のノートが置いてあった。

〈そっと、その意地を
私の心（ノート）に
すてて下さい
苦しむあなたを
見ているのが
辛いのです〉

そう書いた紙が見えた。甘く、感傷的な文句だが、それが、若い女性たちの心をくすぐるのだろう。

彼女たちは、縁側に腰を下ろしたり、部屋の真ん中に座り込んで、ノートに、ペンを走らせていた。二十人近くいるだろうか。

普通、若い女性たちが、二十人も寄ると、やたらと騒がしいものだが、ここでは、ひっそりと静かに、思い思いの表情で、ノートに書き込んでいる。書き終わると、これで、何もかもすんだという顔で、帰って行く。

亀井と西本は、いったん外へ出て、陽が落ちてから、もう一度、直指庵を訪ねた。

雨戸が閉ざされて、若い女性たちの姿はなかった。

二人は、住職に頼んで、中に入れてもらった。

もともと、尼寺だが、三年前から、男の住職になっていると、教えてくれた。

三十七、八歳に見える住職である。

亀井が、正直に、事件のことを話した。

「私も、心中事件のことは、知っておりました。若い人たちが、なぜ、生命《いのち》をあんなに粗末にするのかと、心を痛めておったのですが――」

と、住職は、いった。

「彼らが、ここへ来て、ノートに何か書いているのではないかと思うのです。それを読めば、死んだ理由がわかるのではないかと考えまして――」

「それなら、どうぞ、ご覧になってください」

と、住職は、いってくれた。亀井たちは、最近の十冊のノートを、一ページ一ページ、目を通していった。

若い女たちが書いたものだから、どうせ、甘ったるい詩みたいなものが、大部分だろうと思ったが、違っていた。

自分が堕《お》ろした子供のことが書いてある。

初体験のときのことが、ずばりと書いてある。

今年の夏、五人もの男と関係したことが書いてある。

二度も、男から捨てられたと書いてある。

どれも、赤裸々な告白だった。

「驚きましたね」

と、亀井は、正直にいった。

匿名だったり、イニシアルしか記入していなかったりするが、それでも、読む亀井のほうが、どきっとするようなことが、書いてあるのだ。

「私も、ときどき、目を通しますが、驚いています」

と、住職も、いった。

「最初から、こんな内容のものばかりだったんですか？」

「十四年前に始めたんですが、その時分は、ここにいらっしゃった方が、名前を記入していく芳名録だったんです。それが、いつの間にか、懺悔録《ざんげろく》になってしまいました」

「懺悔録ですか」

確かに、そんな感じでもあった。

「圧倒的に、若い女性ですね？」

「そうですね。中には、男の子が、書いていくときもありますが」

カップルの署名は少なかった。それなら、簡単に、三組の男女が、何を書いたかわかるかもしれないと、亀井は、思った。

第一組の片平正と、中田君子が、京都に着いたのは、八月二日である。その日からあとの記入を、見ていった。

八月四日のページに、彼らのものと思われる文字を見つけ出した。


僕たちは、来年の春、結婚します。

幸福です。

隠しごとをしない、いい夫婦になるつもりです。

正（東京）

こんなに幸せでいいのかしら？

私は、彼を信じています。

彼も、私を――

君子（東京）

「片平の字です」

と、西本が、いった。

「人間は、幸せだと、平凡な文句しか書けないようだね」

亀井が、軽く、皮肉をこめていった。

それだけ、二人の言葉は、まわりの女性たちの懺悔の言葉から、浮き上がって見える。

二人の前に書いてある十七歳の女性の言葉は、次のようなものだった。


私は、二カ月前、お腹の子供を殺しました。

五カ月の赤ちゃんでした。

十七歳の私には、赤ちゃんは、育てられません。

だから、殺してしまいました。

ごめんなさい。私の赤ちゃん。

K・N（石川）

そんな文章の次に読むと、片平正と、中田君子の言葉は、平和すぎる。逆の意味で、目立つ。

(犯人は、このノートを読んでいて、二人の甘い言葉に腹を立てたのだろうか?)

亀井は、そんなことも考えてみた。

あらゆる可能性を、考える必要があったからである。

ほかのページも繰ってみたが、ほとんどが、悩みと懺悔の言葉にあふれている。どうして、こんなに、悩みごとや、懺悔することがあるのだろうかと、首をかしげたくなるほどだった。

ひょっとすると、若い女性というのは、悩むことや、懺悔するのが好きなのかもしれないと、思ったほどだった。

もちろん、中には、喜びを伝えるものもあった。

私、結婚するんです!

二年前に知り合った彼とです。

彼のことを書きます。

身長一七五センチ。

タレントのKに似ています。

眼鏡をかけています。乱視なんです。短足です。

でも、そんな彼が大好きです。

MIOKO（岡山）

しかし、こんな文章は、まれだった。男女二人の添え書きというのも、あまりなかった。

ノートは、完全に、若い女性によって、占拠されている感じだった。

「少なくとも、これを見る限り、君の友人が、自殺するとは考えられないね」

と、亀井は、いった。

西本は、肯いた。

「彼は、嘘は書いていないと思います。本当に結婚するつもりだったと思いますね。だから、心中したというのは、考えられません。やはり殺されたんです」

「問題は、このノートに、二人が書いたことが、殺される原因になったかどうかということだね。いいかえれば、犯人が、このノートを見たかどうかということにもなるわけだが」

と、亀井は、いい、傍で見守っていた住職に、

「誰でも、このノートは、見られるわけですか？」

と、きいた。

「ええ。それは、自由です。また、このノートに書き込む人たちも、ほかの人たちに見られることを覚悟して、書いていらっしゃるんです」

「その気持ちが、私みたいに古い人間には、よくわからないんですがねえ」

亀井が、肩をすくめた。

若い女性たちの気持ちが、わからない年齢になっているのかもしれないが、これほど、自分の過去を、あけすけに書くことに驚き、そして、いくら、匿名とはいえ、ほかの人たちに、読まれるのを平気でいるらしいことも、驚きだった。

あるいは、逆に、他人に読まれるということに、書くことの意味を認めているのかもしれない。

このノートを読む人たちも、また、自分と同じように、悔み、懺悔しようとしている。ノートを通して、全員が、仲間意識を持っているのかもしれない。

若い女が、この直指庵に来る。ノートがある。しかし、そこに、何も書いていなかったら、彼女も、悩みを打ち明けたり、懺悔したりする勇気は、湧いてこないだろう。

だが、ページを繰っていくと、自分と同じように悩み、苦しんでいる人たちの文字が見える。

それで、ほっとして、ペンを取るのだろう。

そして、また、自分が書いたものを、誰かが読むだろうが、その人たちも、自分と同じように、悩み、苦しんでいるに違いないという期待感。

ここへ来る若者、特に女性たちは、そんなふうに考えているのではあるまいか。

（誰もが、みんな苦しんでいるんだ）

と、思うと、安心する。

ならば、そこへ、片平正と、中田君子の二人のように、幸福この上なしといった言葉を書きつけているのを読んだら、どう思うだろうか？

亀井は、それを、住職にきいてみた。

「むずかしい質問をなされますな」

住職は、当惑した顔になった。

「ぜひ、知りたいのですよ」

亀井は、いった。

住職は、しばらく、考えていたが、

「私は、甘いのかもしれませんが、人間は、もともと、善性をもっていると、考えるほうでしてね。自分が、思い悩んでいるときでも、他人《ひと》の幸福な言葉を読んだら、ねたむよりも、密かに、祝福する気持ちになると思っていますよ」

「確かに、あなたは、いい方だが、誰もが、あなたのようだったら、この世に、殺人事件は、起きません。別に、皮肉でいっているわけじゃありません。私だって、事件なんか起きてほしくありませんからね」

「カメさん。ほかの二組についても、調べてみようじゃありませんか」

西本が、声をかけた。

5

もう一度、十冊のノートのページが、繰られていった。

岡島友一郎、柏木久美子の二人と、北川邦夫と今井友子の二人も、ここに来た以上、何かを書き残しているだろう。

まず、岡島友一郎たちが見つかった。

八月九日のページである。


私は、神さまと、彼女に感謝している。

私に、幸せを与えてくれたからだ。

神さまが、どんな顔をしているかわからないので、彼女のことを書きたい。

美人です。

まだ、大学生です。

私を愛してくれています。

Y・O

何か書きたいと思ったのですが、彼が、こんなことを書いてしまったので、恥ずかしくて何も書けません。

でも、私は、幸せです。

いつまでも、幸せでいますように。

K・K(東京)

イニシアルだけだが、どう見ても、岡島友一郎と、柏木久美子だった。

前の片平たちと同じように、自分たちは、幸せだと書いている。

亀井は、「幸福だと、平凡な言葉しか出て来ないらしい」といったが、この二人の文章も、平凡である。

もう一組は、そのあとで見つかったが、二人とも学生だけに、前の二人よりも、ユニークな言葉を書きつけていた。

○TOMOKO　今、何ヲ考エテル?
×KUNIO　君ノコト
○ボクヲ愛シテルカ?

×イエス・アンド・ユー?
○オブ・コース
×今、何ヲシタイ?
○君ヲ、抱キタイ
×バカ
○コンナコトヲ書イテ、イイノダロウカ?
×ココデハ、全テガ許サレルノダ
○ゴメンナサイ直指庵ト京都ヨ
×私モ、ゴメンナサイ

（東京のKとT）

6

「ほかの人たちが、悩みや、苦しみを打ち明けている中で、この三組だけが、のろけみたいなことを書いている。犯人が、それに反感を持ったとしても、おかしくはないな」
と、亀井が、西本に、いった。

住職は、書きものがあるといって、奥に消えていた。

「私も、犯人が、何かに悩んでいたら、反感を持つと思いますね」

「だが、なぜ、その反感が、殺人まで引き起こしたのかが、わからないな。普通なら、反感を持ったとしても、せいぜい、ページを破り捨てるとか、いやがらせの電話をかけるぐらいのものだろう。ホテルがわかったら、いやがらせは、出来るからね。ところが、犯人は、心中に見せかけて、三組ものカップルを、殺しているんだ。この気持ちが、理解できんね。それがわからないと、犯人の見当もつかん」

「私にも、そこがわかりません。犯人が、この『想い出草』を読んで、三組のカップルを殺したとすると、犯人は、毎日のように、ここへ来ていたことになります。なぜ、そんなことをしていたのかもわかりません。まさか、心中に見せかけて殺す男女を見つけるために、犯人が、このノートを見ていたとも思えません」

「こちらに来てくれませんか」

と、亀井は、奥に向かって、声をかけた。

書きものをしていた住職が、顔を出した。

「なんですか?」

「毎日のように、この直指庵に来て、『想い出草』を見ていた人物に、心当たりはありませんか?」

亀井が、きいた。

「わかりませんね。私は、皆さんから、相談を受ければ、お話し相手になりますが、そのほかのときは、なるたけ、顔を出さないようにしているのです。このノートに向き合っているときは、ひとりにしてあげたい。ひとりで、自由に書かせてあげたいと思っているからですから、毎日のように来ている方があったとしても、私には、わかりませんし、気にも止めません」

「どうも、ありがとうございました」

亀井が、礼をいい、二人は、直指庵を出た。

収穫があったようでもあり、なかったようでもある。

とにかく、予想したとおり、三組のカップルは、直指庵に行き、「想い出草」というノートに、それぞれの感想を書いていた。

これは、収穫である。しかし、それが、事件と、どうつながるのかが、わからない。

亀井たちは、京都市内の旅館に泊まることにして、亀井が、東京の十津川に、報告した。

「やっと、三組の共通項らしきものを見つけたんですが、その先が、行き止まりになってしまいました」

と、亀井は、正直にいった。

十津川は、電話の向こうで、考えているようだったが、

「君たちの推理が正しいかどうか、実験をしてみようじゃないか」

「実験と申しますと――？」

「はたして、犯人が、直指庵のノートに触発されて、犯行に及んだかどうか、実験してみるんだ。失敗、成功にかかわらず、一歩前進するだろう？」

「それは、実験の方法によると思いますが」

「明日、二人の若いカップルを、京都に出発させる。私の選んだ若い刑事と、婦人警官だ。二人は、恋人のように振る舞い、京都の名所、旧蹟を見物したあと、直指庵に向かう」

「わかりました。例の三組のカップルと同じように、ノートに記帳させて、反応を待つわけですね？」

「そうだ。君や、西本君の推理が正しければ、犯人は、そのノートを見て、心中に見せかけて、二人を殺そうとするはずだ。八月五日の夜、平安神宮近くの疎水で溺死した第一のカップルは、その前日、直指庵で、ノートに記入しているんだろう？」

「そうです」

「二組目も、三組目も、死ぬ前日か、二日前に、『想い出草』に書いている？」

「そのとおりです」

「とすれば、明日、京都に行くカップルも、直指庵のノートに記入したあと、二、三日以内に、犯人に狙われるはずだ。心中に見せかけて、殺されそうになるはずだ」

「しかし、警部。危険な実験ですが――」

「君が若かったら、拒否するかね？」

「いや、多分、すすんで、引き受けるだろうとは、思いますが」

「私だって、同じだよ。出来れば、私が、行きたいんだが、四十男では、犯人のほうで、敬遠するかもしれんからね」

十津川が、笑った。

7

翌二十日。木曜日。

東京駅に、十津川は、二人の若い男女を、送りに出かけた。

捜査一課の二十七歳の桜井《さくらい》刑事と、二十四歳の石川冴子《いしかわさえこ》婦警だった。

石川婦警も、自ら志願してくれたのである。

制服を着ているときは、強い女に見えたのだが、今、新幹線ホームで、私服の彼女を見ると、平凡な、弱い女性の一人にしか見えなくて、十津川は、急に、不安になってきた。

桜井刑事も同じである。

いつもの桜井は、若いが、有能で、逞しい刑事である。こちらは、制服は着ていないが、それでも、強い男だった。

しかし、今日は、わざと、平凡なサラリーマンらしくしろといってあるせいかもしれないが、あまり強そうには見えない。

「気をつけて」

と、十津川は、いった。

若い二人のほうは、十津川の心配をよそに、今度の実験を楽しんでいるように見えた。

「京都へ着いたら、どうしたらいいか、わかっているね？」

十津川は、二人に念を押した。

「わかっています。二組のカップルが死んだホテル・京都に、チェックインします。一日目は、京都御所などを訪ね、二日目に、嵯峨野の直指庵へ行き、二人で、ノートに甘い言葉を記入する。これで、よかったですね？」

「そうだ。いかにも、幸福なカップルとして行動してくれ。三組のカップルは、京都では、よく写真を撮っていたから、君たちも、写真を撮るといい」

「安物ですが、カメラは、持って来ました」

「頼んだよ。ただ、慎重にな。犯人が、どんな奴かも、どう近づいてくるかも、わからんのだからね」

「大丈夫ですよ。警部。安心していてください」

桜井が、笑った。

石川婦警も、ニコニコ笑っている。十津川には、二人の楽観顔が、かえって、不安だった。

「犯人を、甘く見ちゃいかん。たとえ、不意を狙われたものだとしても、三組もの若い男女が、簡単に、殺されているんだ。しかも、巧妙に、心中に見せかけてだよ。今のところ、単独犯だと思うが、あるいは、二人以上かもしれん。だから、油断は、禁物だ。犯人は捕まえたいが、だからといって、君たちを犠牲にしたくはないからね」

「気をつけます」

と、初めて、桜井がいってくれた。

二人の若者は、午前十時二十四分の「ひかり」で、東京を発った。

十津川は、警視庁に戻ると、すぐ、亀井たちに、連絡をとった。

「桜井君と、石川婦警は、午後一時十七分に京都に着く予定だ。ホテル・京都に泊まり、明日、直指庵に行く。気をつけるようにいっておいたが、君たちも、二人を守ってやってくれたまえ」

8

桜井と、石川冴子の二人が、ホテル・京都にチェックインすると同時に、激しい雷雨になった。

京都に着くと、さすがに、桜井も、緊張した顔になった。とにかく、ここは、敵地である。いつ、犯人が、襲いかかってくるかもしれないという緊張感だった。

亀井たちは、直指庵のノートに記入したあとで、犯人が、襲いかかると思っているようだが、その推理が、当たっているかどうか、わからないのだ。

石川冴子のほうは、いささか、感傷的になっていた。

彼女は、高校生のとき、修学旅行で、京都に来て、それ以来の京都である。

冴子は、カーテンを開け、十階の窓から、雨に煙る京都の町を眺めた。

盆地に広がる京都の町は、どこからでも、山脈が見える。なだらかな、女性的な山の姿である。雨に煙ると、その山脈は、いっそう、優しくなる。

「こんな静かな町で、なぜ、三組のカップルが殺されるような事件が起きるのかしら？」

冴子は、呟いた。

内ポケットから、二二口径の拳銃を取り出して、点検していた桜井は、

「どんなところでだって、殺人は、起きるよ。へんに感傷的になっていると、そこを、犯人に利用されるかもしれないよ」

「わかっていますわ。これからの予定は？」

「今日は、雨があがり次第、京都御所などを見物しておく。仲のいいアベックの感じでね」

と、桜井はいってから、拳銃をしまった。

雷雨は、一時間ほどでやみ、また、真夏の太陽が、カッと照りつけた。

京都は、むし暑いことでも、有名である。雨あがりの町は、涼しくなるどころか、いっそう、むっとする暑さになった。

その中を、桜井と冴子は、カメラをさげ、若いアベックらしく、手を取り合って、市内見物に出かけた。

京都御所を見、鴨川に行き、八坂神社から、祇園へ足を向けた。

陽が落ちてから、二人で、鴨川のほとりを散歩した。

東京だと、川面を渡ってくる風は、少しは涼味を感じさせるものだが、鴨川の場合は、ほとんど、風がない。

それでも、河岸は、アベックでいっぱいだった。

ホテルに帰ったのは、九時近い。

ツインの片方のベッドに、桜井は、ひっくり返った。

「今日、鴨川の岸を散歩していたとき、カメさんが、尾行していたのを、知っていたかい？」

「カメさんて、亀井刑事ですか？」

「そうだ」

「知りませんでしたけど、なぜ、亀井刑事が?」

冴子は、うしろ向きになって、寝巻に着替えながら、きいた。

「十津川警部が、心配して、カメさんに、連絡したんだと思うよ。われわれを、守ってくれるようにとね」

「それなら、余計、安心ですわね」

「まあ、安心かもしれないが、犯人が警戒してしまって、われわれに、近づかなくなる恐れもあるよ」

と、桜井は、いった。

次の日は、朝からやたらに暑かった。

桜井と冴子の二人は、朝食を、ホテルでとってから、山陰本線で、嵯峨野へ出かけた。

いよいよ、本番である。

木曜日だが、嵯峨駅で降りる若者たちの数は多い。

桜井たちは、まっすぐ、直指庵に向かった。

むっとする青葉の匂いの中を歩いて、直指庵に着いた。

靴を脱いで、中に入った。

三つの部屋は、若い女性たちでいっぱいで、十冊のノートも、彼女たちに、持たれてしまっていた。

二人は、庭を眺めながら、ノートがあくのを待った。

やっと、十冊の中の一冊が、あいた。桜井と、冴子は、並んで縁側に腰を下ろし、「想い出草」と名付けられたノートを広げた。

岡島友一郎と、柏木久美子の二人が、愛の言葉を書き止めているノートだった。

めくっていくうちに、その文章にぶつかった。

平凡な愛情表現のように見えるのだが、これが、犯人を刺戟したのだろうかと、桜井は、恐ろしい気がした。

まず、桜井が、サインペンで、ノートに、あらかじめ用意してきた言葉を、書きつけていった。

　　　　　　　　　　　　　　　　　　　　　　桜井

僕たちは、まもなく結婚します。

僕の名前は、桜井、彼女の名前は、冴子です。

いろいろと、苦労がありましたが、今は、全てが、いい思い出になっています。

こんなに幸福でいいのだろうか？

彼って、すごく素敵なんです。

冴子（東京）

捜査一課の連中が、苦心して作ったにしては、高校生の作文のような文句だったが、とにかく、前の三組のカップルが書き残したものと似ていることは、似ているだろう。

もし、殺人の動機が、「想い出草」というノートに書きつけられた若いカップルの甘い言葉への反撥だとすれば、今、桜井たちが書いた言葉は、十分に、犯人を怒らせることが出来るだろう。

とにかく、下手くそだが、甘い感じは、するはずである。

桜井と冴子は、ノートを閉じてから、あらためて、部屋の中を見回した。

ほかの若い女性たちも、熱心に、ノートに向かって、ペンを走らせている。桜井たちを注意している者は、一人もいない。少なくとも、桜井の目には、一人もいないように見えた。

二人は、恋人同士のように、腕を組んで、直指庵を出た。

罠は、仕掛けられた。

あとは、犯人が、それにかかるのを待つだけである。

桜井たちは、直指庵を出たあと、念仏寺に行き、八千体といわれる石仏を見てから、京都駅近くのホテル・京都に戻った。

自分たちの部屋に入ると、桜井は、すぐ、東京の十津川に、連絡をとった。

「今、直指庵で、石川婦警と、例のノートに記入してきました」

と、桜井は、照れながら、報告した。

「あとは、犯人の出方だな。犯人が、君たちが撒《ま》いたエサに飛びついてくれれば、三日以内に、君たちを殺そうと、近づいて来るはずだ。カメさんたちの調査では、三組のカップルは、直指庵のノートに記入してから、いずれも、三日以内に、死んでいるようだからね」

「では、ここに、あと三日、滞在してみます」

と、桜井は、いった。

「十分に気をつけてくれ。いくら、犯人を罠にかけるためとはいえ、君や、石川婦警のように、若くて優秀な人材を、失いたくはないからね」

「大丈夫です。犯人が、何人いても、むざむざ、やられやしません。必ず、犯人を捕まえてみせます」

若い桜井は、勢い込んでいった。

「どんな人間にも、油断するなよ。死んだカップルは、全員が若かったんだ。簡単に、疎水や、ベランダから地上へ、突き落とされるとは考えられないのに、結果として、そうされてしまっている。それを考えると、犯人は、全く、犯人らしくない形で、近づいたものと思われる。だから、どんな人間に対しても、警戒をおこたるなよ。ホテルの従業員なんかも、注意したほうがいいな。そのホテルで、ベランダから墜死した二組のカップルは、おそらく、ホテルの従業員に化けた犯人に殺されたのではないかと思っているんだ」

「相手が、ホテルのボーイか、ルーム係なら、何の警戒もなく、部屋に入れてしまいますからね」

「そのとおりだよ。それに、ホテルというのは、誰でも、自由に出入りできる。また、ホテルのルーム係や、ボーイの制服は、それを専門に売っている店から、買うことが出来るだろう。ホテルに入ったあと、トイレで、着替えて、あの二組のカップルに近づいたことも、十分に考えられるんだ。ボーイが、部屋に入って来て、こういう。〝万一、火災が起きたときは、ベランダへ出て、ベランダ沿いに、非常口まで、避難していただきます。具体的に説明しますから、ちょっと、ベランダへ出ていただけませんか〟。カップルのほうは、ボーイが、まさか、自分たちを突き落としはしないと思うから、何の警戒心も抱かずに、窓を開けて、ベランダに出る。女のほうは、怖いわといいながら、甘えて、男にしがみついたかもしれない。それを、ボーイに化けた犯人は、突き落としたんじゃないか。そんなふうにも考えてみたりしているんだがね」

9

その夜は、何事もなく過ぎた。

むしろ、若い桜井は、同じように若い婦人警官と一緒にいることのほうに、緊張し、疲れたくらいである。

映画や、テレビだと、おとり捜査なんかで、夫婦や、恋人同士に化けた刑事と婦人警官は、ホテルで、結構よろしくやるものだが、桜井の場合は、そんなにロマンチックにはいかなかった。

第一、いつ犯人に襲われるかもしれない状況の中で、恋愛ごっこなど出来るものではないし、桜井の神経は、それほど、タフには出来てはいない。

翌二十二日、二人は、下鴨神社に出かけて、第一のカップルがやったように、おみくじを引いた。

何ごともないように、楽しく、京都見物をしているように、過ごさなければならないのである。

おみくじは、大吉であった。

〈願いごとかなう。

待ち人来たる。

旅行よし〉

おみくじには、そう書いてあった。

「待ち人来たるですって」

と、冴子が、はじめて、楽しそうに笑った。

「いい文句だね」

桜井は、そういいながらも、注意深く、境内を見回した。

犯人が、どこかで、自分たちの行動をうかがっているかもしれないと、思ったからである。

西本刑事の話では、第一のカップルは、この下鴨神社で、大吉のおみくじを引いたはずなのに、死んだときには、大凶のおみくじに変わっていたという。

それは、犯人が、二人の行動を監視していて、すりかえたことを意味してはいないだろうか？

もし、そうだとすれば、桜井たちも、犯人に監視されている可能性がある。

桜井は、もう一枚、おみくじを買ってみた。ひょっとすると、大凶が出るかもしれないと思ったが、今度は、中吉であった。努力すれば、現在の苦境を脱け出せると書いてある。

現在の桜井たちの状態を、そのまま示しているようでもあり、全く、関係がないようにも思えた。

「今夜あたりから、危険になるよ」

と、桜井は、下鴨神社の境内を出ながら、石川冴子に、小声で、いった。

「覚悟は、していますわ」

「犯人に監視されていると考えて、行動したほうがいい」

「はい」

「次は、二条城でも見てから、ホテルへ帰ろう」

「はい。そうしますわ」

「その調子だ」

と、桜井は、微笑した。

三組のカップルとも、深夜に殺されている。とすれば、昼間は、安全なのだ。

二条城では、何枚か写真を撮った。恋人同士なら、多分、そうするようにである。

桜井は、ファインダーで、冴子を狙いながら、そのバックに入って来る人たちをも、注意深く、観察した。

犯人がいるかもしれないからである。

ここでも、若い女性の姿が、圧倒的に多い。恋人同士らしいカップルもいる。しかし、犯人と思われる人物は、見つからなかった。

ふいに、ファインダーの中に、亀井刑事の姿が入った。

西本刑事も一緒に、それとなく、こちらを眺めている。

桜井の顔に、自然に、微笑が浮かんだ。あの二人も、一生懸命なのだ。

ホテル・京都に帰ったのは、午後六時近かった。

ひと休みしていると、突然、ドアがノックされた。

まだ、深夜までには、時間があったが、さすがに、ぎょっとして、桜井と、冴子は、顔を見合わせた。

また、ドアがノックされた。

桜井は、冴子を、退《さが》らせてから、拳銃が、内ポケットに入っているのを確かめたあと、ドアをゆっくり開けた。

三十歳くらいの女性が、立っていた。

「何の用だ？」

桜井は、自然に、強い声でいった。

女はびっくりした顔で、一瞬、後ずさりしてから、

「ルーム係ですけど、お茶を持ってまいりました」

「お茶？」

「はい。入ってよろしいでしょうか？」

「ああ、どうぞ」

桜井が、体《たい》を開くと、女は、魔法びんと、お茶のセットを持って、部屋に入った。

別に、怪しいところのない女だった。彼女は、テーブルの上に、魔法びんを置くと、

「お邪魔しました」

と、いって、そそくさと出て行った。

どうやら、桜井が怒った顔をしたのは、彼女とキスでもしていたのを、邪魔されたせいと、ルーム係は、勘違いしたようである。

桜井は、そう思って、苦笑した。

「今のルーム係が、犯人の一人で、この魔法びんに、睡眠薬でも入っていないでしょうか？」

冴子が、用心深く、いった。

「眠らせておいて、ベランダから突き落とすというのかね？」

「ええ」

「それなら、死んだ二組のカップルの体内から、睡眠薬が検出されているはずだよ。だが、解剖しても、何も見つからなかったんだ。まあ、気になるのなら、飲まなければいいよ」

と、桜井は、いった。

結局、二人とも、お茶を飲まなかった。

夜が来た。

ホテルの中は、ひっそりと、静まりかえっている。

九時になり、十時を過ぎた。が、何も起きなかった。

交代で、眠ることにした。

十一時に、最初に、冴子が寝た。桜井は、椅子に腰を下ろし、煙草に火をつけた。

時間は、たっていくが、犯人が、やってくる気配はない。二時間して、彼女と交代した。

桜井は、ベッドに横になったが、眠れるものではなかった。ただ、眼を閉じて、体を休めるだけである。

服は着たままである。拳銃も、手元に置いておいた。

また、二時間で、冴子と交代する。

やがて、何事もないままに、夜が明けて来た。

次の日も同じだった。

何も起きない。

四日目も、平穏無事だった。

五日目も、むなしく過ぎた。

犯人は、現われなかった。それとも、もともと、犯人などいなかったのだろうか？

第四章　直指庵《じきしあん》

1

亀井は、二十五日にホテルから、東京の十津川警部に電話をした。

「今日で、桜井刑事と石川婦警が、直指庵のノートに記入してから五日目ですが、全く、何も起きません」

亀井がいうと、電話口の十津川は、明らかに、当惑した声で、

「全く、何も起きないのかね？」

「そうです。桜井君の話では、脅迫の電話もかかって来ないし、自動車にひかれかけることもなかったといっています。私と西本君で見張っている限りでも、二人の身には、何も起きていません。また、二人を狙っているような人物も、見当たりません」

「おかしいな」

「そうです。おかしいです。当然、もう、桜井君たちは、狙われていなければならない日程です」

「三組のカップルは、直指庵のノートに記入したあとで、死亡しているんだろう？」

「三日以内に死亡しています」

「つまり、犯人が、三日以内に、彼らを、殺したということだ。今度に限って、五日間も放置しているというのは、奇妙だな。犯人は、もう殺人に飽きたんだろうか？」

「それとも、犯人は、最初からいなかったのかもしれません」

「殺人ではなくて、自殺、すなわち、心中だったというのかね？」

「そうだとすれば、桜井君たちが、誰にも襲われない理由もわかります。犯人がいなければ、襲われるはずがありませんから」

「しかし、カメさん。君だって、三組のカップルが、自殺したとは、思っていないんだろう？　違うかね？」

「三組とも、直指庵のノートには、幸福だと書きつけているんです。不幸なのに、わざと幸福だと書いたカップルが、一組ぐらいはいたかもしれませんが、三組ともとは、どうしても思えません。そんな三組が、相次いで心中するはずはありませんよ。特に、三組目の女性のほう、今井友子は、東京にいるとき、会っていますが、どう考えても、自殺するような女ではありません。男が、心中してくれといっても、笑って、断わる女です」

「それなら、なぜ、桜井君たちは、五日たっても、襲われないんだろうか？」

「理由は、いくつも考えられると思います」

「どんな理由だね？」

「第一は、三組のカップルを殺した犯人が、殺すことに飽きてしまったのではないかということです」

「殺しに飽きたか――」

「第二は、犯人は、最初から、三組だけ殺して、やめることにしていたのかもしれません」

「うん」

「第三は、犯人が、死んでしまったのか」

「なるほど、その可能性はあるね。前に一度、連続殺人の犯人が病死してしまっていることに気がつかずに、一カ月近くも、捜査を続けていたことがあったからね」

「第四は、桜井君たちが、警官だということが、ばれてしまったということです」

「その可能性は、あるのかね？」

「犯人が、どこの誰かによって、違ってくると思います。ホテル・京都の従業員が犯人だとすると、ばれてしまった可能性もあります。ホテルの従業員というのは、客を見る眼が秀れていますからね。桜井君と石川婦警が、いくら、新婚夫婦か、恋人同士らしく振る舞っても、どこかに、ぎごちなさがあったということも考えられます。それで、犯人は、用心深くなって、手控えているのかもしれません」

「第五の可能性もあるわけかね？」

「あります。これが、いちばん、厄介ですが」

「どんなことだね？」

「われわれは、直指庵の『想い出草』というノートに記入された言葉が、殺人の動機だと考えて、桜井君たちを、京都に来させて、同じことをやってもらったんですが、犯人の動機は、あのノートにはなかったのかもしれません」

「しかし、直指庵のノート以外に、三組のカップルの京都旅行に、共通点があるのかね？」

「わかりませんが、たとえば、彼らが、京都へ来るのに利用した新幹線の中で、何かがあったのかもしれません。犯人が、新幹線を利用して、ひんぱんに、東京と京都の間を往復する仕事についていたとすると、犯人は、例の三組のカップルと、新幹線の中で、会ったということも、十分に考えられます。そのとき、カップルの何気ない言葉が、犯人を怒らせてしまった。カップルのほうは、そのことに、全く気がつかない」

「それで？」

「桜井君たちの場合は、幸か不幸か、新幹線の中で、犯人と会わなかった。桜井君たちは、グリーン車に乗ったんですか？」

「いや、若者らしくということで、普通車で行ったよ」

「犯人が、グリーン車の常用者だとすると、前の三組は、グリーン車を利用して、接触したとすれば、桜井君たちが、無視されている理由も、納得できます」

「その場合だが、なぜ、犯人は、グリーン車で一緒になった三組のカップルを殺したということになるんだろう？」

「これも、私の勝手な推理なんですが、犯人が、病的な京都ファンだとします。犯人にとっては、古都京都は、神聖な地であるわけです。当然、京都観光の人たちにも、聖なる町への尊敬と配慮を求めます。グリーン車の中で、偶然、近くにいた三組のカップルと話し合います。ところが、三組の男女とも、京都の町を茶化すようなことをいった。あるいは、馬鹿にしたようなことをいった。普通の人なら、笑って聞き流せるのに、犯人には、それが出来なかった。会話の中で、京都で泊まるホテルの名前もいってあるので、襲うのは、楽だったということも考えられます」

「なるほどね。若い連中ばかりだから、不遠慮に、京都の悪口をいったということは、十分に考えられるね。しかし、どうして、グリーン車と限定して考えたのかね？」

「カップルだけが、続けて、殺されたからです。それも、若い男女のカップルだけがです。京都に来て、びっくりしたのは、若い女性の姿が、やたらに多いことです。若い女のひとり旅というのも多いし、女性同士というのも多いですが、男女のカップルというのは、意外に少ないですね。理由はわかりませんが、目につくのは、若い女性ばかりです。彼女たちは、つましくて、安いホテルに泊まっていますから、当然、グリーン車には、乗らないと思うのです。もし、犯人が、普通車に乗っていたとすれば、彼女たちの中にも、自殺者が出ているはずですが、ここ一、二カ月の間は、幸い女の自殺者は、出ていません。それで、グリーン車を、考えたわけです」

「直指庵のノートが、殺人の動機でないとすると、動機を探すのが大変だな」

と、十津川がいった。

亀井も、同感だった。問題は、動機である。

犯人の動機が知りたかった。なぜ、三組の若いカップルを、心中に見せかけて、次々に殺したのか。その動機がわかれば、犯人の輪郭がつかめるのだが。

「一刻も早く、動機をつかみたいと思っているのですが」

亀井が、そういったとき、部屋に、西本刑事が、駈け込んで来た。

「カメさん」

その声が、ふるえていた。

「警部。ちょっと待っていてください」

と、亀井は、いった。

2
「どうしたんだ？」

亀井は、受話器を、テーブルの上に置いて、西本にきいた。

「やられましたよ」

と、西本は、がっくりと、肩を落としていった。

「まさか、桜井君たちが殺されたんじゃあるまいな？」

亀井の声も、自然に、殺気立った。

「いや、あの二人は、無事です」

「じゃあ、誰が死んだんだ？」

「名前はわかりませんが、今、府警本部から連絡がありまして、若いカップルが、広沢池に浮かんでいたそうです」

「本物の心中事件じゃないのか？」

と、亀井が、きいたのは、三組のカップルが、続けて死んでから、まるで、流行のように、二組のカップルが、京都にやって来て死んだからだ。この二組は、遺書もあったし、明らかに、心中事件だった。

もし、それならば、亀井たちが、あれこれ関与することではない。

「京都府警は、心中だと考えているようで、また、心中だといっていますね。もっとも、府警は、問題の三件も、他殺ではなく、心中事件だと見ていますが」

「遺書は？」

「まだ見つかっていないようです」

「とにかく、行ってみよう」

と、亀井はいい、テーブルに置いた受話器を取り上げた。

「また、心中事件です。もし、これも、殺人事件だとしたら、われわれは、犯人によって、してやられたことになります。桜井君たちが狙われず、この心中事件のカップルが、なぜ狙われたのか。それを調べて来たいと思っています」

電話を切ると、亀井は、西本と一緒に、広沢池に向かった。

小型タクシーを拾い、「広沢池に行ってくれ」と、運転手にいう間も、亀井は、してやられたという悔しさで、胸がいっぱいだった。

まだ、本物の心中かもしれないという気持ちは、わずかに残っている。だが、おとりの桜井刑事と石川婦警にばかり気を取られているうちに、犯人に、見事に裏をかかれたという意識のほうが強かった。

京都は、夜が早い。

たいていの店が、午後九時前にシャッターをおろしてしまう。東京では、新宿でも、渋谷でも、あるいは、池袋でも、夜を徹して賑やかだが、京都は、祇園一カ所だけである。あとは、暗い夜の底に眠ってしまう。寺院は、特にそうである。陽が落ちれば、門を閉ざしてしまう。

二人を乗せたタクシーは、暗い京の町を、北に向かって走る。その暗さが、いっそう、亀井を滅入らせた。

桂川にかかる渡月橋を渡ると、いっそう、夜が濃くなったような気がした。まっすぐに、清涼寺に向かい、右へ折れて、嵯峨野への道を走る。

やがて、左手に、黒々と広がる水面が見えて来た。昔から、観月の名所として知られる広沢池である。

パトカーが二台、停まっているのが見えた。

亀井たちは、タクシーを降りると、パトカーのほうへ歩いて行った。

今夜は、曇り空で、月が見えないせいか、暗い池の水面は、不気味である。

「亀井さん」

と、パトカーの傍から、京都府警の矢木刑事が、手招きした。

投光器の強烈な明かりの下に、池から引き上げられた若い男女の死体が、横たえられていた。

どちらも、二十五、六歳だろう。

「身元は、わかったんですか？」

と、亀井が、矢木にきいた。

「男の身元は、背広の内ポケットにあった身分証明書から、すぐわかりました。やはり、東京の人間で、東西銀行池袋支店で働く銀行員ですね。年齢は二十六歳。女のほうは、まだわかりません。ハンドバッグでも見つかればと思っているんですが」

「心中だと思いますか？」

「これといった外傷は、見当たりませんからね。検視官は、一昼夜以上、水に浸《つか》っていたろうといっていますから、二人が、飛び込んだのは、昨夜でしょう。いったん、水底に沈んで、今夜になって、浮かんで来たんだと思います。どうも、こう続けて、心中事件を起こされたんではかないませんね。京都のイメージが、こわれてしまいます」

矢木は、溜息をついた。

「心中に見せかけた殺人ということは、考えられませんか？」

西本がきくと、矢木は、またかというように、肩をすくめて、

「われわれも、最初は、殺人の可能性もあると考えました。しかし、こう何組も、続きますとね。動機がなくなりますよ。この仏さんも、財布は盗られていないし、腕時計もしたままです。女性のほうも、五、六十万円はすると思えるダイヤの指輪をつけたままです。これま

での心中事件が、全て、同じです。となると、殺人なら、怨恨しか考えられない。ところが、こんなに何組ものカップルに対して、共通の恨みを持つ犯人なんて、考えられんのですがね」

そのとおりなのだ。

殺人だとしたら、動機がわからない。動機が、わからない限り、殺人事件だと断定することも出来なくなるのだ。

矢木が、呼ばれて、パトカーの無線電話で、話していたが、また、亀井たちのところへ戻って来ると、

「二人の泊まっていた旅館がわかりましたよ。一緒に、来られますか？」

3

二条城に近い、日本式の旅館だった。

京都には、俵屋《たわらや》とか、炭屋とか、格式の高い、最低でも一泊三万円近くとられる旅館もあるが、ここは、もっと庶民的な旅館だった。

奥から、若い女性たちの笑い声が聞こえてくる。

刑事たちが玄関に入ると、四十五、六歳の女主人が、

「あのお二人、本当に亡くなったんですか？」

と、青い顔で、きいた。

「ここに泊まっていたんだそうだね？」

矢木が、きき返した。

「ええ。昨日の夕方、お食事をすませて、お出かけになったまま、今日になっても、お帰りがないんで、心配していたんですよ」

「じゃあ、昨日、出発したわけじゃないんだね？」

矢木が、意外そうにきいた。

「今日、お帰りのご予定だったんですよ」

「じゃあ、二人の部屋を見せてもらえるかね？」

「それが――」

と、急に、女主人は、当惑した顔になって、

「いっこうに、お帰りがありませんし、お客さまが、次々にいらっしゃるもんですから」

「ほかのお客に、貸したというわけかね？」

「ええ」

聞いていて、亀井は、苦笑した。心配していたといいながら、さっさと、ほかの客を泊めてしまうというのは、京都らしいと思った。表面は優しいが、ちゃんと、実質をとっている

のだ。

「二人の宿帳を見せてもらえるかね？」

と、矢木が、いった。

女主人が、すぐに、宿帳を持って来た。

亀井と西本も、矢木と一緒に、その宿帳をのぞき込んだ。

東京都豊島区南池袋×丁目

　メゾン日の出三〇二号　坂本市郎《さかもといちろう》

同　　　　　　　　　　　同　正美《まさみ》

「男は、身分証明書の名前と一致していますね」

と、矢木が、亀井にいった。

「この宿帳だと、夫婦の感じだが――」

西本が、小声でいうと、女主人は、それが聞こえたとみえて、

「ご夫婦のようには、見えませんでしたわ」

と、いった。

とすると、宿帳だけ、夫婦のように記入したということなのだろうか。

「二人の荷物は、まだ、ここにあるのかね？」

矢木がきくと、女主人は、通りかかった若者に、スーツケースを二つ、持って来させた。

どちらも、小さなものだった。

矢木が、その場で、二つを、あけてみた。

男の白色のスーツケースには、着替えの下着や、カメラ、京都で買った絵ハガキなどが、詰め込んであった。

女の赤いスーツケースは、着替えの間に、書きかけの絵ハガキが入っていた。


〈今、彼と一緒に京都に来ているの。

二度目の京都だけど、やっぱり、彼と一緒だと楽しいわ。

のろけてるみたいで、ごめん。そのうちに、彼を紹介するわ。

京都にて、江藤《えとう》正美〉

こちらは、江藤正美とあるところをみると、やはり、夫婦ではなくて、恋人同士なのだろう。

絵ハガキの宛名の欄には、「東京都世田谷区」までしか書いてなかった。文面から見ると、女友だちにでも出すつもりで、書きかけたものに違いない。

府警本部の刑事たちは、二つのスーツケースを持って、帰ることになった。広沢池から引き上げられた男女の遺体は、解剖に回されるという。

亀井と西本は、ひとまず、自分たちの旅館に戻った。

「どう思うね？」

と、部屋に落ち着き、お茶を飲みながら、亀井が、西本にきいた。

「今度のことですか。京都府警は、心中と見ているようですが、私には、そうは思えません。心中する女が、友だちに、あんな絵ハガキは出しませんよ。あれは、本当に、男との京都見物を楽しんでいる感じですからね」

「だが、問題は、やはり、動機だな。なぜ、彼らが殺されたのか。その動機がわからない限り、心中説は崩せないからね」

「朝になったら、直指庵へ行ってみませんか」

「彼らも、あそこの『想い出草』に、何か書いていると思うのかね？」

「ええ。思います」

「しかし、あれは、殺人の引金にはなってはいないと、桜井君たちで、わかったんじゃないかね？」

「そうなんですが――」

「あまり、期待は持てないがねえ」

亀井は、そういったが、それでも、朝になると、旅館で朝食をすませてから、西本と直指庵へ出かけた。

今日も、午前中から、若い女性たちが、姿を見せていた。

十冊のノートは、そうした若い女性たちに、一冊残らず、占領されてしまっている。

仕方なしに、亀井たちは、縁側に腰を下ろし、庭を眺めて、順番を待った。

十二、三分して、二冊のノートがあいたので、亀井と西本は、何か書くふりをして、ページを繰ってみた。

その二冊には、今度死んだ二人の名前は出ていなかった。

警察手帳を示して、いっぺんに十冊のノートを見ることも可能だったが、亀井は、そうしたくはなかった。

桜井刑事たちが、無事だったことから、殺人の動機は、直指庵のノートにはないらしいとは思うものの、まだ、あるいはという期待も持っていた。

少しでも可能性がある限り、警察手帳を見せて、犯人を警戒させたくなかったからである。

さらに、二十分近く待たされて、次の二冊のノートに目を通すことが出来た。

亀井は、ページを繰っていったが、なかなか、見つからない。

「カメさん」

と、もう一冊のノートを持った西本が、小声で、呼んだ。

「あったのか？」

「ええ。ありました」

と、西本がいう。

亀井は、自分が持っていたノートを、近くにいた十七、八の女の子に渡して、西本の傍へ行った。

二人は、強い陽の当たる縁側に腰を下ろして、そのノートを、のぞき込んだ。

彼女と一緒に、京都に来ました。
彼女の名前は、正美です。
来年の春には、結婚します。
ちょっと風変わりな娘《こ》ですが、
美人で、明るくて、素敵です。
好きです。

市郎

彼と来てしまったのダ！
愛してしまったのダ！

愛されてしまったのダ！

今、私は、幸福です。

正美（東京）

亀井は、手帳を取り出すと、素早く、引き写した。

近くにいた女の子が、へんな顔をしてこちらを見ている。

二人は、早々に、ノートを返して、直指庵を、退散した。

4

旅館に帰ると、亀井は、もう一度、東京の十津川に、連絡をとった。

「どうも、わけがわかりません。今度の二人が、直指庵のノートに、何も書いていないのなら、これが殺人の動機ではないと断定できるんですが、今度の二人も、やはり、楽しげな言葉を書きつけているんです」

「桜井君たちより、あとで、書いたのかね？」

十津川が、きいた。

おそらく、彼も、電話の向こうで、当惑しているのだろう。

「坂本市郎と、江藤正美が、直指庵のノートに記入したのは、三日前です。桜井君たちが書いた日から数えると、二日後になります。これが、殺人事件とすれば、犯人は、同じように、『想い出草』に書きつけたカップルの中から、桜井君たちをやめて、二日後の坂本市郎たちにしたわけです。なぜ、桜井君たちをやめて、今度のカップルにしたのか、その理由が、全くわかりません」

「桜井君たちが、警官だとわかってしまったということは考えられないかね？」

「今のところ、考えられる理由といえば、それ一つですが、私と西本君とで、桜井君たちの行動を、ずっと見守っていたんですが、警官だとわかるような動きは、しなかったと思います。二人とも、京都に憧れてやって来た若い男女のカップルを、見事に演じていたと思うんです。もし、犯人が見破ったとしたら、どうして、見破ることが出来たのか、それがわかりません。ホテルの従業員にも、警官だということは、知らせていませんし、京都府警にも、桜井君たちのことは、教えていないんですから」

「今度の二人については、今、解剖が行われているんだね？」

「そうです」

「桜井君たちには、東京に帰ってもらおう。これ以上、京都で、若いカップルの役を演じていても、無駄だろうからね」

「そうですな」

「君と西本君は、あと二、三日、京都にいてくれ」

「しかし、もう調べることがありません。解剖結果も、どうせ、溺死ということになると思います」

「もう一度、直指庵へ行って、『想い出草』という十冊のノートを、調べてもらいたい」

「しかし、それは、もうやりましたが――」

「いいかい、カメさん。問題のノートに書き込んだカップルの中で、桜井君と石川婦警だけが、殺されなかったとすれば、君のいうように、二人が、警官であることが、犯人にばれてしまった可能性がある。しかし、ほかにも、直指庵のノートに、何か書いたカップルがいて、それが、死なずにいるとすれば、結論は、違ってくるはずだよ」

「なるほど」

と、亀井は、肯いて、

「今までは、死んだカップルばかり追いかけていたので、ほかのカップルが、あのノートに何を書いているかには、注意を払いませんでした。午後にでも、もう一度、直指庵へ行って来ます」

「そうしてくれたまえ。今度死んだ二人については、さっそく、こちらで、調べてみるよ」

5

昼食をすませたあと、亀井は、西本を連れて、再び、嵯峨野に、直指庵を訪れた。

相変わらず暑い。

今年の夏は、東京も暑かったが、盆地の町である京都は、暑さが、地面から湧き上がってくる感じである。風というものが、ほとんどない。

見なれた竹林を横に見て、直指庵への小道を歩く。

この暑いのに、だらだらと、若い女の子たちが、歩いている。まるで、直指庵へ行けば、何か素晴らしいことが待ち受けているかのように、どの娘も、いそいそと、楽しそうだ。

「相変わらず、若い娘ばかりですね」

歩きながら、西本が、あきれたようにいった。

「そして、みんな、あの大学ノートに、懺悔の言葉を書きつけて、帰るんだ」

「教会の代わりですかね？」

「教会」

「そうですよ。西洋の教会は、なかなか、ロマンチックです。それに、あそこへ行って、懺悔すると、たとえ、それが、殺人であっても、神父や、牧師は、他言できないことになっているそうです。若い娘は、だから、教会へ行って、懺悔をすればいいわけです。しかし、日本の寺や神社には、そんな雰囲気はありません。それで、若い娘たちは、直指庵のノートに、懺悔をしに行くんじゃないでしょうか」

「教会の代わりねえ」

亀井は、苦笑した。

さして広くない直指庵は、今日も、若い娘たちで、いっぱいだった。

二人は、辛抱強くノートのあくのを待ち、一冊があくと、二人で、それを、一ページ一ページ、丹念に見ていった。

西本がいったように、若い女性の懺悔の言葉ばかりが、やたらに多い。まるで、懺悔を楽しんでいるみたいにみえる。

親友の恋人を奪ってしまったと書いている「S子十九歳」。

十七歳で、三カ月の子供を堕ろしたと書いている「東京のマユミ」。

レズから抜け切れない悩みを書きつらねている「K子」。

あとから、あとから、そんな、懺悔の言葉ばかりが、ページを埋めている。女性のほうが、書き方が、赤裸々である。

いっこうに、カップルの名前は、出て来ない。

一回、見終わってから、二人は、同じノートを、もう一度、最初から、見ていった。

「ありましたよ。これです」

急に、西本が、手を止めた。

確かに、そこに、男女のカップルが、書き込んでいた。

八月十日のページである。

僕は二十五歳。彼女二十二歳の二人です。
ここは、雑誌で見て来ました。
何を書いたらいいのかわからないけど、
僕は彼女が好きです。
僕の名前は、君津《きみつ》豊《ゆたか》。ちょっといい名前でしょう。
彼女は、白石《しらいし》ふゆ子。とても美人なんだ。
僕たち、愛し合っています。

私たちは、東京から来ました。

京都って、すてきです。もう一度、彼と一緒に来たいな。


亀井は、そのページをメモした。

条件は合っている。若いカップルだし、しかも、東京の男女である。

それに、八月十日といえば、連続して、心中事件が起きている最中だった。

このカップルが、京都で心中したという話は聞いていないから、桜井刑事たちと同じく、無事だったに違いない。

一つの収穫を得て、亀井たちは、直指庵を出た。

まだ、外は、真夏の太陽が、じりじりと照りつけている。歩きながら、亀井は、しきりに、ハンカチで、汗を拭いた。

「例外が、桜井刑事たち以外にもあったんですね」

歩きながら、西本がいった。

「そうだ。少なくとも、一組のカップルが、直指庵のノートに書きつけたにもかかわらず、犯人に、狙われなかったんだ」

「まさか、この君津豊と、白石ふゆ子の二人も、警察関係の人間だったなんていうんじゃないでしょうね」

「それはないだろう。問題は、このカップルを、犯人が狙わなかった理由だ。それがわかれば、逆から、犯人の殺人の動機が明らかに出来るかもしれん」

「この二人のことを調べますか？」

「そうしよう」

「名前だけじゃあ、東京のどこに住んで、何をしているのかわかりませんね」

「ノートに記入したのは、八月十日だ。ということは、その日か、前日に、京都のどこかに泊まったと考えていいだろう。ホテルや、旅館を、全部洗ってみよう。これは、京都府警の協力を、頼んだほうがいいな」

二人は、まっすぐ、京都府警本部に向かった。

6

京都府警の矢木刑事は、あきれた顔で、

「まだ、他殺説を捨てずにおられるんですか?」

「あなたは、全てのカップルが、心中したと思うんですか?」

亀井は、逆に、きき返した。

「心中以外に考えられませんからね。今度のカップルも、解剖結果が出て、二人とも、溺死と決まりました」

「しかし、二人とも、直指庵のノートに、楽しげな言葉を書き込んでいますよ。どこにも、自殺なり、心中なりを暗示する言葉はありません」

「それはわかりますが、若者の気持ちというのは、不安定ですからね。はしゃいでいたと思うと、次の瞬間には、これ以上ないほど沈み切ってしまう。気まぐれなんです。今度の男女ですが、直指庵で、例のノートに書いているときは、お互いに幸福だったのかもしれません。しかし、幸、不幸というのは、しょせんは、どちらも錯覚ですから、次の日に、広沢池のほとりを歩いているうちに、急に、滅入って来て、発作的に飛び込んでしまったということも、十分に考えられるんじゃないでしょうか。それに、このところの心中ばやりも、二人に作用していたに違いありません。若者というのは、死さえ、一つの流行にしてしまいますからね」

矢木は、自分の若さを忘れたみたいに、そういって、顔をしかめた。

「京都府警は、心中説ですか？」

「ほかに考えようがありませんよ。最初は、そちらの西本刑事の話のように、心中に見せかけた殺人事件ではないかと考える者もいましたが、いくら調べても、殺す動機が見つかりませんからね。何か、動機らしきものが見つかりましたか？」

「いや、残念ながら、見つかりません」

亀井は、仕方なしに肯いてから、直指庵のノートから書き写してきた君津豊と、白石ふゆ子が、泊まった旅館を調べ出してくれるように頼んだ。

矢木刑事は、

「すぐ調べましょう」

と、いってから、

「しかし、亀井さん。直指庵のノートに書きつけたカップルの中に、心中せずに帰った者がいたというのは、逆にいえば、殺人説がうすくなるということじゃありませんか。もし、京都にやってくるアベックを快く思わない人間がいて、それが、次々に、東京から来たカップルを殺しているのなら、殺人説が納得できますが、殺されないカップルもいるとなると、その推理も外れていることになりますからね」

「われわれも、それは考えています」

と、亀井は、いった。

それでも、矢木は、ほかの刑事と一緒に、京都市内のホテルや旅館に、電話で問い合わせてくれた。

四十分くらいして、矢木が、紅潮した顔で、

「ありましたよ。その二人は、京都駅の傍に新しく出来たCホテルに泊まっていますね。八月九日から十一日までです。君津豊と、妻のふゆ子と、宿泊カードに書いてあるそうです」

と、教えてくれた。

亀井と、西本は、礼をいって、京都府警本部を出ると、タクシーを拾って、京都駅の脇に新しく出来たCホテルに向かった。

最近、京都駅前が整備されて、地下鉄や、地下商店街が出来てから、ホテルも、急激に増

えてきた。

阪急ホテルもその一つだが、Cホテルも同じだった。

エスカレーターで二階に上がり、そこにあるフロントに、警察手帳を見せて、問題のカップルのことをきいた。

「それなら、この方たちです」

フロントは、一枚の宿泊カードを見せてくれた。

東京都世田谷区烏山
シャトー・烏山五二六号　　君津　豊

電話番号も書いてあった。女のほうは、ただふゆ子となっている。部屋は、ツインで、一万五千円の部屋だった。

「東京に連絡して、この二人のことも、調べてもらおう」

亀井は、Cホテルを出ながらいったが、その声には、あまり元気がなかった。

何か、むなしい作業をしているような気がして、仕方がなかったからである。

これが、連続殺人とすれば、すでに、四組八人の男女が殺されているのである。普通の事件なら、もう、とっくに、殺人の動機がわかり、おぼろげにでも、犯人像が浮かんでいなければならないのだ。

それなのに、今度に限って、いっこうに、動機もわからないし、犯人像も浮かんで来ないのである。

君津豊と、白石ふゆ子の二人を調べて、はたして、突破口が生まれるだろうか？　その自信は、持てない。しかし、殺人事件《ころし》だと考える以上、どんな小さな可能性でも、見逃すことは出来ないのである。

亀井は、旅館に戻ると、もう一度、東京の十津川に、連絡を取った。

7

若い桜井刑事と、石川婦警は、むなしく、京都から帰って来た。

二人を迎えた十津川は、「ご苦労さん」と、ねぎらってから、

「桜井君には、疲れているところを悪いんだが、調べてもらいたいことがある」

と、君津豊と、白石ふゆ子の名前をいった。

「やらせてください。京都で、何も出来なかったので、何かやらないと、すっきりしないんですよ」

と、桜井は、いった。

桜井は、十津川に頼んで、特に、石川婦警と組んで、調査をさせてもらうようにした。相手もカップルなら、こちらも、同じカップルのほうが、話が聞きやすいと思ったからである。

それは、許可されて、二人は、京王線の千歳烏山駅に向かった。

シャトー・烏山というマンションに着いたのは、午後八時過ぎだった。

君津という男が、サラリーマンだとすれば、帰宅している時間だと考えて訪ねたのだが、部屋にいたのは、若い女だった。

小柄な、可愛らしい女性である。

桜井が、警察手帳を見せると、大きな眼を丸くして、

「本当に警察の方なの？」

と、桜井と、石川婦警を見比べるようにした。

石川冴子も、警察手帳を見せた。

「白石ふゆ子さんですね？」

と、桜井が、確認するように、きいた。

「ええ」

「君津さんと、先日、京都へいらっしゃったでしょう？」

「ええ。行ったけど、それが、いけないんですか？」

「いや。そんなことはありません。実は、われわれ二人も、非番で、京都へ行きましてね。

ホテル・京都に泊まったんですよ」

「へえ」

ふゆ子は、それで、警戒心をゆるめたらしく、初めて、口元に笑いを浮かべ、桜井たちに、コーラを出してくれた。

「今、京都で、次々に、若いカップルが心中しているのは、ご存知でしょう？」

冴子が、ふゆ子に、声をかけた。

「ええ。知ってるけど、あたしたちには関係ないわ。今は幸福で、心中なんかする気になれないもの」

ふゆ子が、笑いながらいったとき、君津が帰って来た。

こちらは、中肉中背の平凡な顔立ちの青年だった。

ふゆ子が、彼に、桜井たちのことを説明した。君津も、ネクタイを外しながら、「へえ」と、いって、桜井と、石川婦警を見た。

君津は、大手の自動車販売会社で、営業の仕事をしているのだという。

「お二人は、京都で、直指庵へ行かれましたね」

桜井が、君津にいった。

君津は、隣りの部屋で、和服に着替えて出てくると、

「ええ。行きましたよ。彼女と二人でね」

と、いった。

ふゆ子が、かいがいしく、君津の脱いだ背広を、洋服ダンスにしまっている。ちょっと、新婚ごっこをやっている感じでもあった。

「あそこに、『想い出草』というノートがありますが、あなた方は、あれに、書きましたね？」

桜井が、いうと、君津は、テーブルの上の煙草を取り、ソファに、深々と体を埋めてから、

「ええ。彼女と書きましたよ。京都へ行った記念にね」

「楽しかったわ」

と、ふゆ子も、ニコニコして、

「あれは、あたしたちの愛の誓いみたいなものだったの」

「そうですよ。帰ってから、一緒に住むことにしたのは、あのノートに、自分の気持ちを書いたからでしょうね。彼女も、僕が、誓約書を書いたみたいに、安心して、一緒に住むことに同意したんです」

「われわれも、あのノートに、自分たちの気持ちを書きました」

と、桜井は、いった。

「じゃあ、あなたたちも、結婚するの？」

ふゆ子が、嬉しそうに、桜井たちを見た。一種の仲間意識を感じたのだろう。

桜井は、内心、苦笑しながら、

「するかもしれません。ところで、京都では、さっきもいったように、何組ものカップルが、心中しています。正直にいうと、六組です。しかし、その中の四組の死について、疑問が持たれているのです」

「疑問って、どんなふうにですか？」

君津は、首をかしげて、きき、煙草に火をつけた。

「ひょっとすると、心中に見せかけて、殺されたのかもしれないのですよ」

「まさか――」

「われわれも、まさかと思うのですが、四組のカップルとも、全く、自殺する理由がないんです。全員が、幸福そのもので、京都旅行を楽しんでいるのです。それなのに、突然、遺書も残さずに、死んでいるんです」

「でも、誰が、殺すんです？　四組ものカップルを、誰が、何のために殺すんですか？」

君津は、眉をひそめて、桜井を見た。

ふゆ子の方は、青い顔で、「怖いわ」と、いった。

「それを調べているのです」

と、桜井は、いった。

「僕たちと、それが、どんな関係があるんですか？」

「その四組ですが、調べてみると、どのカップルも、八月に入って、東京から京都へ行っています。それだけじゃない。いずれのカップルも、直指庵へ行き、あのノートに、二人で書いています。まあ、のろけみたいなことをです。そのあとで、死んでいるんです。殺人とすれば、『想い出草』に書いたために、殺されたのではないかとも考えられるのですよ」

「しかし、刑事さん。直指庵には、毎日、何十人という若者が訪れていますよ。そして、そのノートに、思い思いの気持ちを書き込んでいるじゃありませんか。全員が死んだわけじゃないでしょう？」

「そうです。大部分は、若い女性で、カップルで、書く人というのは、少ないんですよ。その少ない人たちが、次々に、死んでいるんです」

「僕たちは、書いたけど、何ともありませんよ。あなた方だって、そうでしょう？」

「そのとおりです。あなた方も、私たちも、無事で、京都から帰って来ました。しかし、ほかの四組の八人は、京都で死んでいるんですよ。どこが違うのか、その違うところを知りたいんです」

「僕たちが幸福で、ほかの四組は、心中するだけの理由を持っていたからじゃないんですか？」

「心中だとすれば、そうかもしれません。しかし、今もいったように、いくら調べても、彼らに、心中しなければならない理由は見つからないのです。生活に困っていたわけでもないし、二人の仲がこわれかけていたわけでもありません。それどころか、ローンで、素敵なマンションを買うことになっていたカップルもいるんです。逆に、完全に遊びで、つき合っていたカップルもいます。これは、逆の意味で、死ぬ理由がない。それなのに、次々に、京都で死んでいるんです。だから、殺人の可能性が、依然として残るわけです。もし、殺人ならば、あの四組が殺されて、あなた方が、殺されなかった理由を知りたいのですよ。それによって、犯人の輪郭をつかめるかもしれないのでね」

8

「といわれても、僕は、その四組の人たちを知らないから」

当惑した顔で、君津がいった。

「本当に知りませんか？」

桜井は、死んだ四組の名前を、次々に、あげていった。

君津は、ふゆ子と顔を見合わせるようにして、聞いていたが、

「みんな知らない名前ですよ」

「では、犯人は、直指庵のノートに書いた文章で、殺す、殺さないを決めたのかもしれませんね」

桜井はポケットから、メモを取り出し、それを広げて、テーブルの上に置いた。

そこには、「想い出草」から、書き写してきたカップルの言葉が、書いてあった。

死んだ四組のも、君津たちのものである。

「これ、あたしたちが書いたものだわ」

と、ふゆ子が、嬉しそうにいった。

「死んだ四組のものと、あなた方のものと、どこが違うかわかりませんか？」

桜井がきいた。が、君津は、腕をこまねいて、

「みんな甘ったるいことを書いていますねえ。僕もだけど。誰も、他人《ひと》に恨まれるようなことは、書いてないじゃありませんか。京都の悪口を書いていれば、血の気の多い京都人が、怒って殺したというのもわかるけど、それもないし――」

「そのとおりです。誰も、他人の悪口を書いてはいません」

「じゃあ、殺される理由はないでしょう？」

君津が、笑った。

（直指庵のノートは、事件とは無関係なのだろうか？）

と、桜井は、考えながら、

「あなた方は、京都は、初めて行かれたんですか」

「彼女は初めてだったけど、僕は、二度目ですよ」

「何年前に行かれましたか？」

「二年前だったかな」

「そのときも、直指庵に行きましたか？」

桜井がきくと、君津は、笑って、

「あの頃だって、直指庵といえば、若い女の子ばかりが行くところでしたからね。僕は、行きませんでした。今度は、彼女と一緒だったから行ったんです。行ってみると、いいところだと思いましたがね」

「京都では、ほかに、どんなところへ行きましたか？」

「そうですねえ。御所と、金閣寺と、二条城と、それから直指庵かな」

「清水寺も行ったわ」

と、ふゆ子が、付け加えた。

「あまりいろいろなところへは、行かなかったんですね」

「とにかく、暑かったですからねえ。泊まったホテルにプールがあったんで、水着を買って、よく泳いでました」

「京都へは、新幹線で行かれたんですか？」

「ええ」

「グリーン車で？」

「ええ。たまに一緒に旅行するんだから、グリーン車にしましょうと、彼女がいうもんですからね」

「京都から帰って、妙な脅迫めいた電話がかかって来たようなことは、ありませんか？」

「ありませんね。全然」

9

桜井と、石川婦警は、これといった手応えもないままに、マンションを出た。

「あの二人とも、とても幸福そうでしたわね」

と、冴子が、帰りの電車の中で、羨《うらや》ましそうにいった。

「死んだ四組のカップルだって、同じように幸せだったのかもしれないよ」

と、桜井が、いった。

それなのに、次々と、殺されたのだとしたら、何としてでも、その犯人を捕まえなければならないだろう。

桜井と、石川婦警の報告は、十津川を失望させた。事件解決の手がかりが、依然として、何一つ見つからないからである。

十津川は、電話で、京都にいる亀井たちに、連絡をとった。

「四組目の犠牲者になった坂本市郎と、江藤正美の二人も、いろいろと調べてみたが、どちらも、誰かに恨まれていたというようなことはないね」

と、十津川は、いった。

「前の六人の男女と同じわけですか」

電話の向こうで、亀井の声も、元気がなかった。

「まるで、何もないから殺されたとしか思えないんだよ。また、殺されなかった君津豊と、白石ふゆ子も同じだ。別に変わったところはなくて、幸せいっぱいという感じで、目下、同棲生活を送っているそうだ」

「これでは、犯人は、気まぐれに、東京から京都へ来たカップルを殺しているみたいですね。たまたま、眼の前に現われたカップルを殺すという具合に」

「しかし、何か、犯人の持っている基準があるはずだよ。これは、無差別殺人とは違うんだ。若いカップルなら、どれでもいいというのなら、今頃、もっと多くのカップルが殺されているはずだよ。だが、殺されたカップルは、全部、直指庵へ行って、『想い出草』に、書いている。そのカップルの中から、何らかの基準で、犠牲者が選び出されているんだ」

「しかし、その基準がわかりませんと、これから出るかもしれない犠牲者を守ることが出来ません」

「もう一度、直指庵へ行って、君津豊と白石ふゆ子のように、ノートに記したのに、何もされなかったカップルが、ほかにいるかどうか調べる必要があるね。もし、何組かいたら、根気よく、両者を比較してみようじゃないか。何かわかるかもしれん。面倒くさいが、今のところ、ほかに方法が見つからないからね」

「明日、もう一度、直指庵に行って来ます」

と、亀井は、いった。

翌日、亀井は、わざと、夕方になってから、西本と一緒に、再度、嵯峨野の直指庵を訪ねてみた。

陽が落ちても、京都の町は、いっこうに涼しくならない。鴨川の河原でも同じだった。風がないからである。

焼けるような真夏の太陽は沈んでも、日中の火照《ほて》りが、そのまま残っているように、むし暑いのだ。

嵯峨野には、夕闇が訪れていた。

直指庵も、すでに門を閉ざし、黄色い明かりが、洩れている。日中、この庵を占領していた若い女の子たちの姿も、なくなっている。

二人が、入口のところまで来たとき、奥から、四十二、三歳の男が、出て来て、すれ違い、夕闇の中に消えて行った。

住職に会ったとき、その男のことを、きいてみた。

「ああ、今の方ですか」

と、若い住職は、ニッコリと笑って、

「東京の偉い先生ですよ」

「東京の先生？」

「ええ」

「どんな先生ですか？」

「ちょっと待ってください。前にいただいた名刺があるはずですから」

住職は、奥から、一枚の名刺を持って来て、亀井と、西本に見せてくれた。

〈城南大学講師　柳沼功一郎《やぎぬまこういちろう》〉

「城南大学の先生が、何の用で、この直指庵に来られたんですか？」

亀井は、興味を持ってきいた。

「三年ばかり前の夏に、突然、おみえになりましてね。そのとき、『想い出草』をお見せしたら、先生は、大変、感動されたんですよ。このノートの中にこそ、若者の本当の声があるとおっしゃいましてね。これをまとめて、本にしたうえ、詩劇に書き直して、上演したいとおっしゃっていました」

「シゲキ？」

「ポエムです。詩劇です」

「なるほど。その本は、もう出来たんですか？」

「まもなく出来上がるそうですよ。私も楽しみにしておるんです。本が出来たら、音楽をつけて、上演なさるはずですが、その第一回は、ぜひとも京都でと、お願いしているんですがね」

「三年越しということになりますね？」

「そうですね。ご熱心さには、私も、頭の下がる思いがしておるんです」

「八月には、よくみえているんですか？」

「学校が休みなので、よく来られますよ。興が乗ってくると、三日、四日と、京都に泊まっていかれますね」

「ご住職は、その原稿を見たことがありますか？」

「いや、まだ、見せていただいていません。八月いっぱいには出来上がるということなので、楽しみにしているんですが」

若い住職は、ニコニコしている。

この住職も、現代的で、直指庵のＰＲのために、自ら作詞作曲したレコードを出すくらいだから、東京の大学の先生が、直指庵についての本を出し、しかも、「想い出草」をもとにして、詩劇を書いてくれることは、嬉しいのだろう。

「すると、この柳沼さんは、ここに来るたびに、あのノートを見ていかれるわけですか？」

亀井が、きいた。

「はい。そうです」

「前にうかがったときは、そうした特別な人はいないように聞いたんですが――」

「柳沼先生は、何しろ、私の前にここにおられた庵主《あんじゅ》さんのときからのおつき合いですので
ね。まあ、身内みたいなものですから」

「この柳沼さんのほかにも、『想い出草』をよく見に来る人はいるわけですか？」

「前に、若い作詞家の方が、ときどき、来られていましたね。あのノートに書かれた若い娘
たちの言葉で、歌を作りたいといわれましてね」

「その歌は、もう出来たんですか？」

「ええ。もうレコードが出ています。なかなかいい歌ですよ。地道に売れていると聞いてい
ますが」

「その作詞家の方の名前を教えて頂けますか」

「生方《うぶかた》いさおという三十歳になったばかりの若い方です。自分で作曲もなさいますよ」

「いつ頃まで、よくみえていたんですか？」

「今年の春までは、よくいらっしゃっていましたね。四月にレコードが出てからは、ちょっ

と、足が遠のいていますが、先日、お手紙をいただきまして、一年ぐらい間を置いて、また、『想い出草』を読み直したいと、いわれていますが」

「その生方いさおという人の住所も、教えていただけませんか」

と、亀井は、頼んだ。

この二人が、事件に関係があるかどうかわからない。が、熱心に、あのノートを読んでいた人間が二人いた事実は、無視できない。なぜなら、柳沼功一郎という城南大学の講師は、死んだ四組のカップルの書きつけた言葉を読んでいるはずだし、生方いさおという作詞家は、今年の四月までしか来ていないといっても、そっと「想い出草」を見に来ているかもしれないのだ。とすれば、この作詞家だって、四組の名前と、ノートに書きつけた言葉を読むチャンスはあったはずである。

「君は、ここに残って、十冊のノートから、殺されなかったカップルの名前を書き出しておいてくれ」

と、亀井は、西本にいった。

「カメさんは、どうするんです？」

「私は、十津川警部に、この二人のことを電話で知らせてくる。事件に関係があるかどうかは、今の段階では、全くわからないがね。気になるんだ」

亀井は、西本を直指庵に残して、一足先に旅館に帰ると、すぐに、東京の十津川に、電話をかけた。

「警部は、この二人を、どう思われますか？」

と、亀井は、報告のあとで、きいてみた。

「私にも、よくわからないね」

と、十津川は、いってから、

「大学の先生や、作詞家が、あのノートに興味を持つ気持ちもよくわかるからね。ただ、興味を持ったというだけでは、犯人かどうかはわからんよ。私だって、この『想い出草』というノートに書かれた言葉には、興味を感じたからね」

「それは、私にもわかります」

「とにかく、この二人は、調べてみよう。死んだ四組のカップルと、何らかの関係が出てくれば、ありがたいんだがね」

と、十津川は、いった。

亀井は、電話をきると、今日、直指庵の入口ですれ違った男のことを考えた。

柳沼功一郎という大学講師だという。ジーパンに、サファリシャツを着ていて、とても、大学講師の感じではなかったが、最近は、ああいうくだけた服装をするのが、現代的な教師なのかもしれない。

ただ、顔が、思い出せなかった。

直指庵の住職は、三年前から、「想い出草」に関心を持って、研究している人だといった。

しかし、四組のカップルが、続けて死んだのは、今年の八月に入ってからである。

(関係がないのだろうか?)

亀井は、この男にしては珍しく、弱気になっていた。

第五章　二人の男

1

十津川は、自ら、生方いさおと、柳沼功一郎の二人に会ってみることにした。

どちらも、社会的な地位のある人物だからというのではない。この二人について、今のところ、容疑が全くない状態だったからである。

それに、おとり捜査が失敗したことから、警察内部に、他殺説は、誤りではないかという疑いも生まれてきていた。

もともと、事件を担当している京都府警本部は、心中説をとっている。それなのに、東京の警視庁だけが、異を唱えるのは、おかしいという空気もある。

それに、警視庁管内で、事件が起きていないわけではなかった。犯罪に、夏休みはない。

覚醒剤の常用者による無差別殺人事件が起き、一人住まいの老人が殺され、誘拐事件も起きている。

捜査一課は、多忙なのだ。そんなときに、亀井刑事と、西本刑事の二人が、京都に行っている。それだけ、手薄になっているということである。

行かせたのは、本多《ほんだ》捜査一課長だが、そうしてくれと頼んだのは、十津川だった。だから、これ以上、二人の男の調査に、刑事を割《さ》くことは出来ない。

十津川は、ひとりで、まず、原宿のマンションに住む生方いさおに会いに出かけた。

国鉄原宿駅から歩いて五、六分のところにある十二階建てのマンションである。

住人に、芸能人が多いので有名なマンションだと、十津川は、聞いたことがあった。

生方は、その九階に住んでいた。

生方は、本に埋もれていた。疲れた顔で、十津川を迎えた。

「ある歌手の新曲を、明日の朝までに作らなければいけませんのでね」

と、生方は、眼をこすりながら、十津川にいい、自分で、コーヒーをいれてくれた。

「お忙しいときにお邪魔して、申し訳ありません」

十津川は、素直にわびた。

「いや、かまいませんよ。気分転換に、警察の人と話をするのも悪くはありませんから」

「実は、あなたに会うというので、昨夜、あなたが作詞されたレコードを二枚買ってきて、聴きました。それまで、お名前は知っていましたが、レコードを聴いたことがありませんでしたのでね。『夏の讃歌』と、『北の祈り』の二つです。いい歌で感動しました。どうも、私は、自分が不粋なせいか、べたべたしたのは、どうも苦手でしてね。その点、生方さんの歌は、爽《さわ》やかで感心しました」

「ありがとうございます。どちらも、おかげさまで、百万枚を突破しました。『北の祈り』のほうは、作曲もしています」

「それは、たいしたものですね」

十津川は、お世辞でなく、正直に感心した。十津川は、自分を典型的な音痴だと思っていたから、それだけに、音楽の出来る人間を、無条件に尊敬してしまうのだ。

「まあ、売れたのは、それを歌ってくれた二人の歌手の力でもありましたが」

生方は、二人の有名歌手の名前をあげた。

「失礼ですが、おひとりですか？」

十津川は、広い室内を見回しながらきいた。

通された居間だけでも、二十畳はあるだろう。このほかに、書斎も、寝室もあるようだから、一億円近いマンションであろう。

「一年前に、別れましてね」

と、生方は、笑ったあと、

「ところで、刑事さんは、何のご用で来られたんですか？」

と、きいた。

「京都の直指庵には、よく行かれたそうですね？」

「ああ、そのことですか。直指庵が、なぜ、あんなに若い女性に人気があるのか。その秘密を調べてみたくなりましてね。ずいぶん、通ったものですよ」

「直指庵にある『想い出草』も、ごらんになったわけでしょう？」

「ええ。ずいぶん、読ませてもらいましたよ」

「住職のお話では、今年の四月までは、よく行かれたということでしたが」

「ええ。おかげで、レコードが一つ出来ました。また、そのうちに、行ってみようと思っています」

生方は、奥へ行き、レコードを一枚持って来て、ジャケットにサインしてから、

「これを差し上げましょう。直指庵に触発されて作詞し、自分で曲をつけたレコードです」

と、いった。

『京都の愛と別れ』

という題のつけられたレコードである。

「いただけるんですか？」

「刑事さんは、二枚も、僕のレコードを買ってくださったんでしょう。それなら、大事な僕のファンですからね」

「大切にしましょう」

　と、十津川は、嬉しそうにいってから、

「四月以後は、一度も、直指庵に行かれなかったんですか？」

「一度も、行っていません。来月あたり、もう一度行ってみようかなとは、思っているんですが、どうも、忙しさにかまけてしまって」

「今、京都で、次々に、若いカップルが死んでいるのは、ご存知ですか？」

　何気ない調子で、十津川は、きいた。

2

「もちろん、知っていますよ。週刊誌が、一斉に取り上げていますからね」

「生方さんは、どう思われますか？」

「事件をですか」

「そうです」

「そうですねえ。僕は、まだ、死にたいと思ったことはありませんが、京都で、好きな女と心中するというのは、悪くないと思いますね。死によって、古都と同化するような気がするんじゃないかな」

「死によって、同化するんですか」

「前に、京都の金閣寺に放火した青年がいたじゃありませんか」

「ああ、覚えていますよ」

「適当な譬《たと》えかどうかわかりませんが、京都で心中しているカップルは、あの放火犯人と似たような気持ちだったんじゃないでしょうか」

「どんなふうにですか？」

「金閣寺の犯人は、対象を破壊することで、京都と同化しようとし、今回の若いカップルは、自分を破壊することで、京都と同化しようとしたということです」

「なるほど」

と、十津川は、肯いたが、わかったようでわからない言葉だなと、内心、思っていた。

「すでに、六組のカップルが、京都で死んでいます。その中に、生方さんの知り合いの方はいませんか？」

「いや、いませんね。なぜですか？」

「実は、われわれは、あれは、心中事件ではないのではないかと、考えているのです」

「ほう」

生方は、口元に笑いを浮かべて、じろりと、十津川を見た。

「なぜ、そう思うんですか？」

「心中する理由のない二人が、死んでいるからです。幸福そのもののカップルが、死んでいるのです」

「他人にはわからない悩みがあったのかもしれませんよ」

「それに、六組の中の四組は、遺書を残さずに死んでいるのです」

「別に、不思議はないでしょう？　僕だって、自殺したくなったら、遺書なんて、七面倒くさいものは書かずに、あっさり死にますよ」

「なるほど。もう一つ、おききしたいのだが――」

「どうぞ」

「今いった四組のカップルは、直指庵の例のノートに、二人で、書きつけているんです。いずれも、自分たちは幸福だという甘い言葉をです」

喋りながら、十津川は、じっと、生方を見つめた。

この男が犯人なら、何らかの感情が、顔に現われるかもしれないと思ったのだが、生方は、

「そうですか」

と、いっただけだった。

「生方さんも、お読みになったと思いますが？」

「さあ。僕は、あのノートの中の不幸なメッセージにしか、興味がありませんでしたのでね」

「不幸なメッセージですか」

「そうですよ。若い女の赤裸々な告白が、あのノートにはのっています。それに感動したんですよ。僕は」

「柳沼功一郎という人をご存知ですか？」

「いや。なぜですか？」

「あなたと同じように、あのノートに興味を持って、三年あまりも、直指庵に通っていた大学の先生です」

「大学の先生ですか」

「本当に、ご存知ありませんか？」

「ええ。知りません。その先生が、どうかしたんですか？」

「ただ、あのノートに興味を持っている人ということで、生方さんと、柳沼さんの二人が浮かんで来ただけで、他意はありません」

相手が信じるはずがないのを承知の上で、十津川は、そういった。

3

次に、十津川は、柳沼功一郎を訪ねることにした。

大学は、まだ、夏休み中である。

十津川は、紳士録で、柳沼の住所を調べた。

住所は、久我山の住宅街になっている。年齢は、四十三歳。妻杏子《きようこ》三十二歳。だが、子供の記載がないところをみると、子宝に恵まれなかったのだろうか。

私鉄の久我山駅から、歩いて十二、三分のところに、さして大きくはないが、いかにも、大学講師の家という感じの、スマートな家が建っていた。

木造で、木目の美しさを、そのまま生かして、全く塗装をしていない造りである。

玄関に立つと、中から、ピアノの音が聞こえた。

ベルを押すと、ピアノの音がやんで、和服姿の中年の男が出てきた。それが、柳沼だった。

十津川が、警察の人間だと知って、ちょっと、びっくりしたようだったが、すぐ、中へ招じ入れた。

ピアノのある応接室である。柳沼は、自分で、レモンティーをいれてくれながら、

「家内が留守なものですからね」

「すると、今、ピアノを弾《ひ》いていらっしゃったのは、柳沼さんですか？」

「下手なものをお聴かせして、申し訳ありません」

「いや、なかなかお上手でしたよ。私自身は、弾けませんが、家内がよく弾いているもんですから、耳だけは、肥えています」

「一度、あなたの奥さんにお会いしたいものですね」

と、柳沼は、柔らかく、微笑した。

「大学では、何を教えていらっしゃるんですか？」

「現代文学を教えています。主として、現代詩ですが」

「それで、詩劇ですか？」

「え？」

「先日、非番で、京都に遊びに行きましてね。嵯峨野で、直指庵を見に行って、『想い出草』というノートに目を通して、感動しました。若い娘が書きつけた赤裸々な告白にです。それを住職にいったら、先生のことを教えてくださったんですよ」

「ああ、あの住職がね」

「あなたと、もう一人、生方いさおという作詞家のことを聞きました。あのノートをもとにして、作詞、作曲したレコードが出ていますが、お聴きになりましたか？」

「その作詞家のことなら、私も、住職から聞きましたよ。しかし、レコードは、まだ、聴いていません」

「そうですか。私は、生方さんからレコードを贈られたので、さっそく、聴いてみましたが、なかなか、いいものでしたよ」

「それでは、そのうちに、私も聴いてみましょう」

「ところで、先生の詩劇ですが、もう完成しましたか？」

「まだです。いい加減なものを作りたくないので、慎重を期しています」

「出来上がったら、当然、上演されるわけでしょう？」

「私は、うちの学校にある演劇サークルの部長もしているので、部員に、演じてもらいたいと思っています」

「早く拝見したいですね？　いつ頃、脚本《ほん》が出来て、上演される予定ですか？」

「十一月に、文化祭があるので、出来れば、そのときに、上演したいと思っています」

「直指庵のあのノートを見た人間としては、興味津々ですが、どんなストーリーになる予定ですか？」

十津川がきくと、柳沼は、「うーん」と、唸《うな》ってから、

「お話しすると、何となく、アイデアが固定してしまうような気がするので、出来上がったときにということで、勘弁していただけませんか」

「残念ですが、仕方がありませんね。しかし、あの『想い出草』がベースになることは、間違いないわけでしょう？」

「もちろんです」

「ほかのことで、二、三、おききしてよろしいですか？」

「どんなことでしょうか？」

「最近、京都で、続けて六組の若いカップルが死んでいます。この件について、先生のご意

見を伺いたいんですが」

十津川がいうと、柳沼は、腕を組み、また「うーん」と、考え込んでいたが、

「死というのは、いつでも、悲しいものです。だが、自殺者の心の中までは、誰も立ち入ることは出来ない。このことが、いちばん、悲しいことだと、私は、思っています。われわれは、死んだ人のことを、いろいろという。しかし、結局は、わからないんですよ。わかると思うのは、傲慢《ごうまん》というものです」

「すると、先生は、六組全部が、本当に、心中したと思っていらっしゃるんですか？」

「違うんですか？」

柳沼は、眉を寄せて、十津川を見すえた。

「六組のうち、四組のカップルは、ひょっとすると、心中ではなくて、つまり、自殺ではなくて、他殺かもしれないのです。心中に見せかけて、殺されたのかもしれません」

「ほう」

「先生は、そう考えられたことは、ありませんか？」

「私が？　なぜですか？」

「先生は、直指庵のノートを、何回も、読まれたわけでしょう？」

「ええ。何回も読みましたよ」

「私が、今いった四組のカップルは、あのノートに、二人で、喜びの言葉を書きつけていま

す。楽しげに、あるいは、誇らしげにですよ。それなのに、その翌日か、二日後に、死んでいるんです。死ななければならない理由が、見つからないのですよ」

「それは、あなたが、生きているからでしょう」

4

「私が、生きているから？」

「そうです。死者について、生きているわれわれが、あれこれいうのは、傲慢というものです。たとえば、自殺した人間に対して、何も死ななくてもと、よくいう人がいますが、あれも、傲慢の表われだと、私は、思っています。私の教え子に、K君という青年がいました。優秀な成績で卒業し、ある商社への入社も決まっていました。両親は揃っていて、父親は、大会社の部長です。また、K君は、ハンサムだから、女の子にももてました。性格はといえば、外向的で、友人も多かった。それなのに、突然、自殺してしまったんですよ。私は、必死になって、原因を調べましたが、結局、わかりませんでした。今でも、私は、時々、K君は、なぜ、自殺したんだろうかと考えることがありますよ。しかし、今だって、わからない。多分、永久にわからないでしょう。なぜなら、私は、生きていて、K君が、死んでいるからです」

「しかし、そんな自殺は、例外でしょう？　たいていは、遺書があったりして、わかるものです。わけのわからない死というものは、他殺の可能性があると、私は、思っています」

「それは、あなたが、警察の人間だからじゃないのかな。警察の仕事は、疑うことから始まるんでしょうからね」

「四組も、不審な死が続けば、警察でなくても、疑うんじゃないでしょうか？」

「なるほど。それで、殺人であるという証拠が見つかったんですか？」

「いえ、見つかりません」

「そうでしょうね。見つかっていれば、私に質問するはずがありませんからね。では、どちらともわからないわけでしょう？」

「そうです」

「京都で起きた事件だとすると、管轄は、京都府警でしょう。京都府警は、どう考えているんですか？　やはり、殺人だと考えているわけですか？」

「いや、違うでしょう。多分」

「すると、遠く離れた東京の警視庁のあなただけが、殺人の疑いを持っているわけですか？」

「私は、ものごとが、はっきりしないと、気がすまない性格でしてね」

「その気持ちは、わからなくはありませんね。私は、今でも、K君の自殺について、はっきりした答えが欲しいと思うことがありますからね。しかし、ある作家がいっていますが、自殺の心理というのは、ぼんやりした不安だと。つまり、自殺者自身にも、はっきりした意識がないことが多いということですよ。その四組のカップルにしても、直指庵のノートに書いたときは、幸福そのものだったのかもしれない。いや、死ぬ直前まで、死ぬ気はなかったのかもしれない。自殺というものは、そんなものですよ。心中もです」

「どうも、よくわかりませんが」

「わかりませんか」

「ええ」

「じゃあ、こういう譬え話はどうでしょうか」

と、柳沼は、一息入れてから、まるで、学校で、学生に教えるような表情で、

「私の教室に来る生徒の半数は、女子学生です。したがって、若い女性と、話をするチャンスが沢山あるわけです。二十代の女性ですから、京都で死んだカップルの年代にあたりますね。ある女子学生と、食事をしながら、喋っていたとします。大変に楽しい食事でした。彼女は、素敵な恋人が出来た話を、私にしている。食事もおいしい。試験の成績もよく、まもなく、休みに入るので、気楽でもあるわけです。ところが、突然、彼女が泣き出したんですよ。私は、あわてましたね。彼女は、なぜ、突然、泣き出したんだと思いますか？」

「さあ、わかりませんね」

十津川は、苦笑しながらいった。

「もちろん、私にもわかりませんでした。素敵な恋人は出来たんだし、まもなく、休みだし、食事は美味《うま》いし、誰が考えたって、泣く必要はないのにです。彼女が黙っていれば、私は、ただ、首をかしげているだけだったでしょう。私が、何度もきいたので、彼女が、泣いたわけを話してくれました」

「どんな理由だったわけですか？」

「それが、実に、他愛ない理由でしてね。たまたま隣りのテーブルに、家族連れが座ったんですが、子供が、犬のぬいぐるみを持っていたんですよ。彼女は、それを見たとたんに、昨年、車にひかれて、死んだ飼犬のことを思い出したんです。よほど、可愛がっていたんでしょうね。とたんに、どうしようもなくなって、涙が、あふれて、止まらなくなってしまったというんです。わかってしまえば、なんだということになりますが、彼女が泣き出したときは、全く、不可解な気がしたものです」

「なるほど、面白い譬え話ですね。つまり、どんな人間も、その人だけの過去を持っているということでしょう？」

「あなたは、上手《うま》いことをいわれる」

柳沼は、微笑した。

「それは、京都の事件にも、あてはまりますか？」

十津川がきくと、柳沼は、すぐには答えず、しばらく、考えていたが、

「恋人同士でも、秘密の過去というものが、あり得るでしょうね。楽しい京都への旅行の間、それは、隠れていたのかもしれない。ところが、何かに触発されて、突然、暗い過去が、顔を出した。とたんに、気が滅入り、自殺の誘惑にかられた。恋人のほうも、同情から、心中してしまった。考えられなくはないと思いますね」

5

十津川は、警視庁に帰った。

正直な印象をいえば、作詞家の生方いさおも、城南大学講師の柳沼功一郎も、犯人という感じではなかった。

すぐ、本多捜査一課長に呼ばれた。

十津川が、課長室に出頭すると、本多は、渋い顔で、

「京都の事件だがね」

と、いった。

課長が、何をいいたいのか、察しがついたから、十津川は、黙っていた。

「何か、目鼻がついたのかね？　心中ではなく、殺人だという証拠が見つかったのかね？」

「いや、まだ、何の証拠も見つかりません。心中しそうな理由も見つかりませんが、逆に、彼らが殺されなければならない理由も見つかりません」

「それは、弱ったね」

「弱りました」

「実は、さっき、京都府警から電話があってね。いろいろと、話し合った。向こうは、もう、殺人の線は捨てたといっている。どう考えても、殺人の証拠がない以上、もう、調べ回るわけにはいかんというのだ。そういわれれば、こちらとしても、了解せざるを得ない。主導権は、向こうにあるからね」

「わかります」

「したがって、京都府警は、もう、うちに、捜査協力は頼まないといっているんだ。となると、われわれとしても、動きがとれん。向こうの要請もなしに、勝手に動くわけにはいかないんだ」

「そうですね」

「それに、われわれの管内でも、事件は、続発している。桜井君には、もう、ほかの事件を担当してもらったよ。それに、君も、明日からは、ほかの事件を担当してもらいたい」

「わかりました」

「今、京都には、亀井君と、西本君が、行っているんだったね？」

「そうです」

「その二人にも、至急、帰ってもらう必要があるね。人手が足りないこともあるし、京都府警が、不快に思う恐れがあるからだよ」

「それでは、私から、二人に連絡しておきましょう」

と、十津川は、いった。

部屋に戻ると、亀井たちが泊まっている京都の旅館に、電話をかけた。

課長の話を伝えると、亀井は、

「そんなことだろうと、思っていました。仕方がありませんね。殺人の証拠が見つからない以上、勝手な捜査は、許されなくなるだろうと覚悟していました。西本君は、京都にいたいでしょうが――」

「直指庵のノートの中に、ほかに、死ななかったカップルの書いたものが、見つかったかね?」

「二組のカップルが、見つかりましたが、一組は関西の人間なので、除外しました。もう一組は東京の人間で、泊まったホテルがわかりましたので、名前も調べて来ました」

「知らせてくれ。調べてみる。今日いっぱいは、この仕事に専念していいといわれているのでね」

と、十津川は、小さく笑った。

亀井がいう名前と住所を、十津川は、メモした。

この二人が、直指庵のノートに書きつけた言葉もである。

二人の名前は、片桐良祐《かたぎりりょうすけ》と、幸子《さちこ》。住所は、大岡山近くのアパートになっていた。

十津川は、ひとりで、この二人を訪ねて行った。

時刻は、午後七時を過ぎ、東京の街にも、ようやく、夕闇が走って、日中の暑さも、少しは、やわらいできた。

「清美荘」という新築のアパートだった。

若いカップルの生活には、ふさわしい住居といえるかもしれない。

二階の隅の部屋には、ドアの横に、可愛い女の子の顔の形をした板がぶら下げてあり、それに、「片桐良祐・幸子」と並べて書いてあった。

何となく、ほほえましい感じに、十津川は、微笑しながら、ベルを押した。

「だれ！」

という元気のいい女の声がして、ドアが開いた。

二十歳ぐらいの娘だった。口をもぐもぐさせながら、じろりと、十津川を見て、

「新聞の人？」

「いや、警察の人間なんだ」

と、十津川は、丸い顔をした娘に、警察手帳を見せた。女は、一瞬、きょとんとした顔を

していたが、

「彼が、何かしたの？」

「いや、君たちが、京都へ行ったときのことで、ちょっと、ききたいことがあってね」

「じゃあ、入ってちょうだい」

片桐幸子は、中へ招じ入れた。

六畳二間に、バスなどがついている。部屋も、真新しいが、家具や、カーテンなどが、揃って新しいのが、いかにも、新婚の家庭という感じだった。

幸子が、アイスコーヒーを出してくれたところへ、片桐が、帰って来た。二人は、共働きなのだという。

二人は、美男美女というわけではなく、どちらかといえば、平凡な顔立ちだが、平凡なりに、似合いのカップルという感じであった。

「京都には、新婚旅行で行ったんですよ」

と、片桐は、十津川に、いった。

「なぜ、京都に？　普通、若い人たちは、ハワイとか、グアムとか、海外へ行きたがるんじゃないかな？」

「最初は、ハワイへ行こうといってたんです。でも、誰もが、ハワイへ行くでしょう？　だから、京都への三泊四日にして、節約した分で、今、この部屋につけているクーラーを買ったんです」

「京都へ行こうというのは、どちらが、いい出したの？」

「あたし」

と、幸子がいった。

「なぜ、京都にしたのかね？　国内でも、夏の新婚旅行だから、涼しい北海道と、逆に、海水浴の出来る沖縄なんかへ行きたがると思うんだがね」

「高校のとき、修学旅行で、京都へ行ったことがあるの。そのときの思い出があったんで、もう一度、どうしても行きたくて」

「君は？」

十津川が、片桐にきくと、彼は、笑って、

「僕は、彼女が行きたいって、いったからですよ」

「京都では、直指庵へ行ったね？」

「ええ」

「最初から、行くつもりだったのかね？」

「雑誌で、あのノートのことを読んだの」

と、幸子が、いった。

「それで、二人で、何か書き残したいなと思って、彼と一緒に、直指庵へ行ったのよ」

「書いた言葉を覚えている？」

「ええ。二人で、誓いの言葉を書いたの」

幸子は、嬉しそうにいった。

十津川は、メモを取り出して、読みあげた。


私たちは、昨日、結婚式をあげました。

いつまでも愛し合っていきます。

毎年、この日に、この直指庵にやって来て、愛を誓い合うつもりです。

片桐良祐・幸子（東京）

「このとおりかね？」

「そうですよ。わざわざ、京都へ行って調べて来たんですか？」

片桐が、あきれた顔で、十津川を見た。

「そうだ」

「なぜ、そんなことを？」

と、幸子が、きいた。

「最近、京都で、何組もの若いカップルが死んでるのを知っているかね？」

「ああ、知ってますよ」

と、片桐は、大きく肯いて、

「彼女と、よく話をするんです。僕たちは、二人の愛情を確認しに京都へ行ったんだけど、京都へ、死にに行く人たちもいるんだなってですよ」

「本当に、可哀そうだなって」

と、幸子が、横からいった。

「それが、ひょっとすると、殺されたのかもしれないという疑いがあるんだよ」

「え？」

「嘘でしょ！」

二人が、びっくりした顔で、十津川を見た。

「死んだ四組のカップルについて調べたところ、いずれも、君たちと同じように、直指庵へ行って、あの『想い出草』というノートに、甘い言葉を書きつけているんだよ。どのカップルも、死ぬ理由なんか、全く、持っていないのさ。君たちと同じように、幸福だった。あるカップルは、結婚を間近に控え、一緒に生活するために、マンションの手当てまでしているんだ。ただの遊びで、二人で、京都へ行ったカップルもいる。ところが、その四組は、死んでしまった。死ぬ理由がないのにだよ。だから、われわれは、彼らが、何者かに殺されたんじゃないかと考えたんだよ」

「それじゃあ、犯人は、殺して、何か盗《と》ったんですか？　金とか、宝石とか」

片桐が、興味を示して、十津川にきいた。

「いや、何も、盗られていないんだ。財布もなくなっていないし、女性の指輪なんかも、そのままだった」

「じゃあ、何のために、殺したりしたの？」

幸子が、首をかしげて、十津川を見た。

「それがわかれば、と思っているんだがね」

十津川は、何回も口にした言葉をいった。

それがわかれば、今度の事件は、解決するだろう。

「それで、君たちにも、協力してもらいたいんだ」

「何をですか？」

「死んだ四組のカップルも、君たちも、京都へ行き、直指庵で、あのノートに、いろいろと、書きつけている。書いた内容は、ほとんど同じようなものだ。お互いの愛情を確認するような言葉が多い。ところが、四組のカップルは死に、君たちは、無事でいる。いったい、どこが違うのか、それを知りたいんだよ。殺人だとすれば、なぜ、君たちは殺されなかったのか、その理由を知りたいんだ」

「本当に殺されたんですか？　その四組は。新聞には、みんな心中したと、出ていたけど」

片桐がきいた。

「そんなに何組も、続けて、心中すると思うかね？　しかも、幸福なはずのカップルがだよ」

「でも、殺される理由もないんでしょう？」

幸子が、いう。

「まだ、見つかっていないだけかもしれないんだ。とすれば、君たちと、死んだ四組の間に、何か違ったところがあったに違いないんだ。東京の若いカップルで、京都へ行き、直指庵でノートに甘い言葉を書きつけた。これが、共通点だ。とすれば、当然、君たちだって、殺されていなければならないはずなのだ」

「脅《おど》かさないでくださいよ」

と、片桐が、首をすくめた。

「別に、脅しているわけじゃない。その違いが、わからないと、また、京都へ行った若いカップルが、心中に見せかけて、殺されるかもしれないんだ。しかし、どこが違うのか？」

6

「僕たちには、わかりませんよ」

片桐が、手を振った。

「そういわずに、協力してもらいたいんだ。君たちは、もともと、東京の生まれかね？」

「僕は、高知だけど、彼女は、もともと、東京の人間です」

「すると、生まれは、関係ないのか。さっき、彼女は、高校時代、一度、京都へ行ったといっていたね？」

「ええ。修学旅行で行ったわ」

「それかな」

「え？」

「ちょっと、電話を借りていいかね？」

「いいけど、遠くへかけるんだったら、料金を払ってくださいね」

幸子が、しっかりしたいい方をした。

「いや、都内だ」

と、十津川はいい、部屋の隅にある電話を取った。

手帳を取り出し、メモしておいた君津豊の電話番号を調べた。

ダイヤルを回すと、若い女の声が出た。おそらく、一緒に住んでいる白石ふゆ子だろうと思いながら、警察の人間だと告げると、

「また、京都のことですか？」

と、怒ったような声を出した。

「もう一つ、教えていただきたいことがあるのですよ。うちの桜井刑事と、石川婦警が伺ったとき、あなたは、八月十日に京都に行ったのが初めてで、君津さんは、二度目だということでしたね？」

「ええ」

「あなたは、高校時代、修学旅行で、京都へ行かれたんじゃありませんか？」

「いいえ。京都は、本当に、初めてだったんですけど」

「君津さんのほうは、確か、二年前でしたね？」

「ええ。そうですわ」

「君津さんは、修学旅行でも、京都へ行っているんじゃないかな？」

「ちょっと、待ってください」

女がいい、すぐ、男の声に代わった。

「君津ですが、修学旅行では、京都へは行っていませんよ。二年前、社会人になって、すぐ、京都へ行ったんです。しかし、そのときは、直指庵には、行っていません」

「そうですか。ところで、大学は、城南大学を出たんじゃありませんか？」

「いや、N大です」

「もう一つ、質問させてください。柳沼功一郎という名前に、何か記憶はありませんか？

これは、お二人にきいているんだが」

「知りませんね。彼女も、知らないといっています。どんな人なんですか？」

「いや、知らなければいい。もう一人、生方いさおという名前はどうです？」

「生方いさお？　どこかで聞いたなあ。ああ、作詞家じゃありませんか？」

「そうです」

「やっぱりね。名前だけは、知っていますよ。でも、会ったことはないですね」

「ふゆ子さんもですか？」

「ええ。同じだといっています」

「彼は、直指庵の例のノートを読んで感動して、『京都の愛と別れ』というレコードを出しているんだが、知っていますか？」

「そういうレコードが出ているということは、何かの週刊誌で読んだことがありますね。しかし、うちでは、まだ、買っていません」

7

電話を切ると、十津川は、もう一度、片桐夫婦に、視線を戻した。

「あなたたちにききたいんだが、柳沼功一郎という名前に、心当たりはないかね？」

十津川がきくと、二人は、顔を見合わせてから、

「知りませんが、どんな人なんですか?」

と、片桐がきいた。

「城南大学の先生だ」

「それなら、知らないのは、当たり前だ。僕も彼女も、城南大学とは、何の関係もないから」

「じゃあ、生方いさおはどうだね?」

「僕は知りませんが――」

「あたしは、知ってるわ」

と、幸子が、口をはさんだ。

「会ったことがあるの?」

「いいえ。全然。でも、生方いさおの作詞した『北の祈り』というレコードは好きで、持っているわ」

「直指庵のノートから作ったという『京都の愛と別れ』というレコードは?」

「買いたいと思ってるんだけど、まだ、買ってないわ」

といって、幸子は、首をすくめた。

十津川は、じっと考え込んだ。

殺されなかった二組のカップルは、いずれも、柳沼功一郎の名前に記憶がなく、作詞家の生方いさおについても、名前だけは知っていたが、会ったことはないといった。

ひょっとすると、これが、殺されなかった理由ではあるまいか？

死んだ四組のカップルは、柳沼功一郎か、生方いさおのどちらかに会ったことがあったのではあるまいか？

十津川が、二人に礼をいって、アパートを出て、警視庁へ帰ると、亀井と、西本の二人も、京都から帰っていた。

「私のことで、いろいろと、ご迷惑をおかけして、申し訳ありません」

と、西本が、十津川の顔を見るなりいった。

十津川は、笑って、

「課長に何かいわれたのか？」

「明日から、ほかの事件にかかれといわれました。東京の事件にです」

「まあ、いいさ。今日いっぱいは、まだ、やっていてかまわないということだからね」

「警部は、何か、つかまれたんですか？」

と、亀井が、きいた。

「例の二人、大学の先生と、作詞家に会って来た。それに、片桐夫妻にもね」

十津川は、二人に向かって、調べたことを、簡単に説明した。

「正直にいって、何もつかめてはいないんだ」

「しかし、警部。死んだ四組のカップルが、柳沼功一郎か、生方いさおのどちらかに会っているのではないかというのは、面白いと思います。親しいから殺された、会ったこともないから、殺されなかったというのは、確認してみる価値はあると思いますね」

亀井は、膝を乗り出すようにして、いった。

「そう思うかね？」

「桜井刑事と、石川婦警が、殺されなかったのも、柳沼功一郎と生方いさおのどちらも、よく知らなかったからかもしれません」

「しかし、問題の四組は、すでに死んでいるんでね。二人のことを知っていたかどうか、きくわけにもいかないんだ」

「とにかく、調べられるだけは、調べてみましょう」

と、亀井は、いった。

死んだ四組のカップルの名前が、あらためて、黒板に書き出された。

年齢、住所、略歴なども、書きつけられていく。

このカップルの男か女かが、城南大学の学生か、卒業生だったら、当然、現代文学を教えている柳沼功一郎を知っているはずである。

しかし、城南大学の学生も、卒業生も、ひとりもいなかった。

「参ったね」

と、十津川は、溜息をついて、

「ひとりぐらい、城南大学の学生か卒業生がいると思ったんだがね。見事なほど、いないんだな」

「そうですね」

「となると、柳沼功一郎ではなく、生方いさおの線かな」

「こちらは、名前を知っているというだけでは、犯人と断定できませんね。かなり有名な人物ですから」

「知ってるだけなら、殺されずにいる二組も、知っているんだ」

「すると、かなり親しかったという線が出なければなりませんね。これから、西本君と二人で、四組のカップルの家族や、友人に、当たって来ます」

と、亀井は、いい、西本を連れて、夜の街へ飛び出して行った。

8

ひとりになると、十津川は、じっと、黒板に書かれた四組のカップルの名前を見つめた。

チョークをつかんで、その横に、生きている二組の名前と、略歴を書きつけた。

(どこが違うのだろうか?)

いくら考えてもわからない。似たような若者のカップルにしか見えないのだ。真面目に家庭を作ろうというカップルもいるし、遊び半分のカップルもいる。不真面目だから殺されたというのでもないように見える。

桜井刑事と石川婦警のカップルなど、完全な即成だが、それでも、一度も狙われなかった。

西本刑事の友人の片平正と、中田君子のカップルは、真面目につき合っていたと思われるのに殺されている。

前科のあるなしでもない。死んだ四組のカップルの中で、前科があるのは、岡島友一郎ひとりだけだからである。

すると、やはり、生方いさおとの関係ということになるのだろうか?

亀井たちは、なかなか、帰って来なかった。

捜査が、難しいことは、予想された。何しろ、死んでしまった男女のことを調べるのである。

夜半近くなって、やっと二人は、帰って来た。亀井も、西本も、疲れ切った顔だった。当然かもしれない。京都から帰って来て、すぐ、困難な捜査に走り回ったからである。

「結論を先にいいますと、これといった答えは出ませんでした」

と、亀井が、いった。

「くわしく話してくれないか」

「まず、四組八人が、生方いさおの作詞あるいは作曲したレコードを持っているかどうかを調べてみました。八人のうち、三人が、二枚ないし、三枚のレコードを持っていました。しかし、生方いさおのレコードだから、買ったというよりも、ある歌手が好きで、その歌手のレコードを集めていた。その中に、生方いさおの作詞したものが入っていたということのようです」

「そうだろうね。作詞家の名前で、レコードを集めるファンというのは、あまり、聞いたことがないからね。たいていは、歌手の名前で集めるんだ。そのほかには？」

「生方いさおと、文通していた人間がいないかどうかも調べてみました。柳沼功一郎についてもです。しかし、この二人から、八人に来た手紙の類いは、一つも見つかりませんでした。今は、電話の時代ですから、手紙がないからといって、交際がなかったとは、断定はできませんが」

「関係は、見つからずか――」

「申し訳ありません」

「カメさんが、謝ることはないさ。もともと、柳沼と、生方の二人が犯人だという証拠はどこにもないんだからね」

「警部。こうしたら、どうでしょうか」

黙っていた若い西本が、十津川に向かって、いった。

「どうするんだね？」

「柳沼功一郎と、生方いさおのアリバイを調べるんです。四組のカップルが死んだとき、京都に行っていなかったかどうかをです」

「調べて、どうするんだね？」

「もし、そのときに、京都へ行っていたら、その男が、犯人ということになります」

西本が、勢い込んでいった。

十津川は、笑って、

「そうはいかんよ」

「なぜですか？　アリバイがなければ、犯人じゃありませんか？」

「それは、この二人に、容疑事実があってのことだ。今のところは、そんなものは、何もないんだよ。たとえば、柳沼功一郎のことを考えてみたまえ。彼は、多分、毎日のように京都へ行っていたというだろう。今、直指庵の例のノートを題材にして、詩劇を書いているのだから、当然ということになる。生方にしても同じだよ。直指庵のノートに触発されて、作詞作曲して、レコードまで出しているんだ。また京都へ来ても、おかしくはない。アリバイが問題になるのは、容疑があってからのことなんだ。今の状態では、二人のアリバイを調べても、意味がないよ」

「それが、わかればね」

西本は、がっくりした顔で、いった。

十津川は、なぐさめるように、

「そうがっかりしなさんな」

と、西本の肩を、軽く叩いてから、

「実は、一つ、ひどく、引っかかることがあるんだよ。それが、わかればね」

「どんなことですか？」

亀井が、きいた。

「それが、何なのか、わからないんだ」

「どうも、雲をつかむような話ですね」

「そうなんだ。君たちが、聞き込みに行ったあと、いろいろと考えていたんだがね。そのとき、柳沼功一郎と、生方いさおのことで、何か引っかかるものがあるような気がしてきたんだ。私は、今日、この二人に会って、いろいろと、話を聞いた。直指庵の例のノートのことか、連続する心中事件のこととか、その中の四組が殺人ではないかとかだ。生方には、レコードのことを聞き、柳沼功一郎には、完成していない詩劇のことを聞いた。私の胸に引っかかっているのは、二人が話してくれた言葉の一つなんだろうと思うんだが、それが何だったのか、思い出せないんだ」

「二人の片方が、犯人で、ひょいと、犯行を匂わせるようなことを口にしたということでしょうか？」

亀井にきかれて、十津川は、首を横に振った。

「それなら、聞いた瞬間に、オヤッと思っているさ。だから、犯行を匂わせる言葉ではなかったと思う。あるいは、何ということもない、事件とは無関係の言葉だったのかもしれない。だが、引っかかるんだよ。何をいったんだったかな」

十津川は、宙を見つめた。

彼は、思い出そうと努めた。最初に、原宿のマンションに、生方いさおを訪ねたのだ。

あの若い作詞家と、何を話したのだったか。

レコードの話をしたのは覚えている。もちろん、直指庵のノートの話。それに、京都での事件の話もした。そのあと、生方が、『京都の愛と別れ』というレコードをプレゼントしてくれた。

次に、城南大講師の柳沼功一郎の家に行った。

彼とは、どんな話をしたろうか？

詩劇の話をした。直指庵のノートのこと、それに、事件のこともだ。

問題は、二人が、ひょっと口にした言葉に引っかかっているのに、それが、思い出せないことだ。

亀井にいったように、犯行を匂わせるような言葉でなかったことだけは、はっきりしている。

といって、これだけ引っかかってくるのは、何らかの意味で、事件解決のヒントになる言葉だったからではないだろうか？

亀井には、ひょっとすると、事件に無関係な言葉だったかもしれないといったが、十津川は、内心では、そんなはずはないと思っていた。事件に無関係な言葉だったら、これだけ気にはならないだろうからである。

すでに、午前零時に近い。三人とも、今夜は、家に帰らず、警視庁で、眠ることにした。

「明日からは、京都の事件から手を引かなければならないとなると、寂しいですね」

亀井が、窓の外を見ながら、十津川にいった。

よく晴れていて、夜空に、星が美しい。東京の空も、最近は、きれいになってきたのだろうか。十津川がそれをいうと、亀井が、

「やはり、京都の夜空のほうが、きれいでしたね。京都は、市内に大きな工場がないので、夜空が、あんなに、きれいなんだと思いますね」

「私は、何としても、京都の事件を解決したいと思います」

と、西本が、口惜しそうにいった。

友人が、この事件の最初の犠牲者だから、当然の気持ちであろう。

「何とか、事件解決のヒントでもつかめれば、君一人でも、この事件を担当させておけるんだがね」

十津川は、辛そうにいった。十津川自身も、何とか、この事件を解決したいと思っていた。

(これは、心中に見せかけた殺人)

という気持ちは、まだ、消えていなかったからである。

「これが、殺人事件だという証拠が欲しいですねえ」

と、亀井が、いった。

「それが、見つかりさえすれば、大威張りで、この事件を捜査できるんでしょうが」

「殺人に決まっていますよ。片平が自殺なんかするはずがないんです」

西本が、顔を赤くしていった。

「わかっている」

と、十津川が、いった。

「だが、証拠がなければ、どうにもならないんだ。いくら、君が、君の友人の片平正は自殺なんかするはずがないと主張しても、それだけでは、どうにもならん。一分前までは、死ぬ気なんか全くなかった人間が、次の瞬間、突然、自殺の衝動にかられることもあるからね」

「誰が、そんなことをいうんですか？」

西本は、不満げに、口をとがらせた。

「誰だったかな。そうだ。柳沼功一郎が、いってたんだ。彼は、面白い譬え話をしてくれたよ」

十津川は、西本と、亀井の二人に、柳沼の譬え話を聞かせた。

食事に誘った教え子の女子大生が、突然、泣き出した話をである。

「だから、表面的に見て、この人間には、悲しむ理由がないとか、自殺する理由がないとか、決めつけては駄目だというのさ」

「飼犬の話ですか」

亀井は、小さく笑った。

「おかしいかね?」

「いや、それで笑ったんじゃありません。実は、警部の話で、家内のことを思い出してしまって、おかしくなったんです。まあ、女というのは、たいてい、そうなんでしょうが、よくわからない生物ですね。うちの家内は、楽しそうに、けらけら笑っていたかと思うと、突然、泣き出したり、怒り出したりすることがありましてね。こっちは、わけがわからずに、きりきり舞いさせられるんですが、家内にきくと、遠い昔のことを、突然、思い出して、泣いたり、怒ったりするわけなんです。これは、かないません」

「女だけじゃなく、男だって、ときには、そんなことがあるんじゃないかね。何かの拍子に、過去が――」

そこまでいって、十津川は、突然、黙り込んでしまった。

「どうされたんですか？　警部」

亀井が、不審げにきいた。

「思い出したんだ。何か、引っかかっているといった正体をだよ。柳沼功一郎の言葉だった。彼は、こういったんだ。人間には、過去というものがある。それが、現在にも影響しているというようなことをね」

「過去ですか――」

「そうだ。過去だよ。なぜ、四組のカップルが殺され、ほかの二組が無事だったのか。それに、おとりに使った桜井刑事と石川婦警のカップルは、なぜ、狙われなかったのか。それを、いくら調べてもわからなかったのは、現在だけを考えているからじゃないだろうか？　現在だけを見ると、似たようなカップルだし、直指庵のノートに書きつけた言葉だって、同じように甘い文句だ。しかし、過去は違うんじゃないか。その過去に、殺される理由があると考えれば、納得がいくんじゃないかね」

「すると、犯人は、大学講師の柳沼功一郎ということになりますか？」

と、西本がきいた。

「いや、そうはいい切れない。なるほど、柳沼の言葉が、引っかかったことは確かだし、彼の言葉で、事件に対する別の見方が出来たことも確かだが、だからといって、彼が犯人だとはいい切れないし、何気なくいったのだとしたら、犯人の証拠にもならないよ」

「しかし――」

「まあ、聞きたまえ。殺人の動機が、四組のカップルの過去にあるんじゃないかと、今、私は考えたが、これも、当たっているかどうか、まだ、わかりはしないんだ。また、当たっていたとしても、柳沼功一郎が犯人だとは限らないよ」

「警部」

と、亀井が、考えながら、

「一人か二人の人間の過去ならば、共通した動機が考えられますが、四組八人です。八人もの人間の過去に対して、共通した憎しみというものが、はたして、あり得るものでしょうか？」

「それが、あったんじゃないかね？　だからこそ、四組のカップルが、心中に見せかけて殺されたんじゃないだろうか？」

十津川は、じっと、窓の外に広がる夜空を見すえた。

その夜空の向こうに、答えが、あるかのようにである。

第六章　過去からの声

1

過去の忘れていた事件が引金になって、何年後か、あるいは何十年後かに、恐るべき殺人事件が起きることがある。

実際の事件でもあるし、小説に書かれてもいる。

十津川は、そのいくつかを、思い浮かべてみた。

そうした過去の事件が解明できれば、現在の事件も、自然に、解決する。

列車の窓から投げた空びんが、下を歩いていた若い恋人同士の男の方に当たって死亡した。残された女は、男のために復讐を決意するが、誰が、空びんを投げたのかわからない。そこで、その車両に乗っていた全員を、次々に殺しにいくという小説があったような気がする。

あれは、列車ではなく、バスだったろうか。

その小説のミソは、殺される人間が、自分がなぜ殺されるかわからないところにある。

今度の事件も、同じなのではあるまいか。

十津川に、事件の動機がわからないのと同じように、殺された男女にも、自分たちが、なぜ、殺されなければならないのか、殺される寸前まで、わからなかったのではないだろうか？

犯人にだけわかっている動機。

だからこそ、被害者たちは、無警戒の状態で、次々に、殺されていったのではないのか。

殺された四組八人の男女は、あるとき、ある場所で、偶然に一緒にいて、そのとき、知らずに、誰かを傷つけたのではなかったろうか。

それなら、小説のとおりになる。だが、小説では、過去の事件が突き止められたが、今度は、はたして、うまく探り当てられるかどうか、十津川には、自信がなかった。

それに、過去の事件が原因だとして、それが、直指庵の「想い出草」と、どう関係してくるのか、十津川にも、見当がつかない。

一つだけ、十津川に、想像のつくことがあった。彼らが殺されたことに、京都が関係しているということ、京都の直指庵が関係しているということである。

「連立方程式みたいなものだな」

と、十津川は、窓の外を見ながら、小声でいった。

「何ですか？　警部」

亀井が、きいた。

「今度の事件は、連立方程式みたいなものだといったんだよ」

「私は、昔から数学が苦手でして」

「私だって、苦手だったよ。だが、簡単な公式ぐらいは、カメさんだって、覚えているだろう？」

「Yイコールというやつですか？」

「そうだ。ここに、三つの方程式がある。一つは、四組八人の男女が殺された事件だ。あと二つが、柳沼功一郎と、生方いさおだよ。柳沼と生方のそれぞれの生き方を一つの方程式として考えた場合、そのどちらかが、第一の方程式と、連立するんじゃないだろうか。連立するとしたら、Xは何かということになる」

「警部は、それが、過去の事件と思われるわけですか？」

「そうだ。柳沼も、生方も、何年も前から、京都に、というより、直指庵に、通っていた。そこに過去がある。一年前、二年前、あるいは、三年前の過去だ。そこで、この二人のどちらかに、殺された八人が、交錯したのかもしれない。それが、Xじゃないかな」

「一年か二年か、あるいは三年前かのあるとき、柳沼か、生方を、八人の男女が、怒らせたということですか？　あとになって、殺されなければならないほど、相手を傷つけたということですか？」

「違うかな？　知らずに、傷つけてしまったということは、考えられるだろう？」

「柳沼か生方が、犯人としてですが、犯人の恋人を、偶然に、八人が殺してしまったというのは、どうですか？　殺す気なんか、全くなくて。そんな小説があったような気がするんですが。映画だったですかね」

「確か『黒衣の花嫁』だろう。私も、同じことを考えたよ。だが、少し違うかもしれない。柳沼には、奥さんがいるし、生方は、今はひとりだが、女性は何人もいたらしいからね」

「すると、どんな過去が、お互いを結びつけたんでしょうか？」

2

「それは、八人の男女の過去でもあると同時に、犯人の過去でもあるわけだよ。過去の一点で、両者は、接触しているんだ」

十津川は、喋りながら、柳沼功一郎と、生方いさおの顔を思い出していた。

二人とも、一般的にいう悪人の感じではない。

むしろ、ある使命感に燃えているようなところがある。柳沼は、「想い出草」をもとにして、一つの詩劇を書いているし、生方の方は、これも、「想い出草」をヒントにして、一つの詞を作り、自ら作曲して、レコードにした。二人とも、「想い出草」を読んで感動した点で、一致している。

一方、その「想い出草」に、カップルで、書きつけた四組八人の男女が、殺された。被害者八人と、柳沼、生方の二人を結びつけるものは、京都の直指庵の「想い出草」である。柳沼か、生方のどちらかが、犯人だとしよう。

考えられるのは、「想い出草」に、殺人の動機があるのではないかということである。八人が、「想い出草」に、悪口雑言を書きつらねたのなら、犯人が、彼らを殺したことも納得ができる。柳沼も、生方も、ノートに記された若者の告白に感動していたのだから。

しかし、八人は、素朴に、喜びを書きつけているだけである。

それを読んで、犯人が殺意を持つというのは、どう考えても、納得できない。それに、同じような言葉を、「想い出草」に書きつけたほかのカップルが、殺されてもいないし、脅されてもいないのである。殺された八人と、殺されなかったカップルは、違ったことを、ノートに書いたわけではない。同じように、他愛のない、愛の言葉を書きつけているのである。

となると、やはり、八人の過去ということになってくるのだが、そこで、また壁にぶつかってしまうのだ。

八人が、何年か前に、犯人を傷つけていたとしよう。京都の直指庵でとする。これは、推測だが、柳沼と、生方が、あのノートに感動しているのを、馬鹿にしたでもいい。二人の気持ちは、傷つけられた。

しかし、もし、そんなことだとしたら、なぜ、そのとき、犯人は、八人を殺さなかったのだろうか？

なぜ、今になって、八人を、次々に、心中に見せかけて殺すのか、殺さなければならないのか。その理由がわからない。

「どうも、納得がいかないな」

と、十津川は、溜息をついた。殺人の動機がわからないのでは、捜査の進めようがなかったからである。

「警部から見て、この二人は、どんな感じですか？」

と、亀井が、きいた。

「一言でいえば、心優しい人というところだろうね。だからこそ、あのノートを見て、感動したんだろう」

「心優しき殺人者ということも、あり得ますね」

「そうだ。それだけに、傷つくことも、大きいかもしれないね。まあ、それが、動機になっているんだとは思うんだが、殺された八人が、なぜ、犯人を傷つけたか、全く、見当がつかないんだよ」

「生方いさおの方ですが、彼の作ったレコードが、殺人の動機になったということは、考えられませんか？」

「聴いてみるかね？」

「ええ。聴いてみたいですね」

「私も、聴きたいです」

と、西本も、いった。

安物のプレイヤーが持ち込まれて、十津川が、生方いさおからもらったレコードが、かけられた。

どちらかというと、シンガーソングライター的な、弾き語りの感じの曲である。

私は十五歳
春のけだるさの中で
ひとりの幼い命を
この手で、殺しました
ごめんなさい
私は、母親になる資格がないのです

私は十八歳

真夏の浜辺で
ひとりの男の胸を
果物ナイフで刺しました
許してください
私は、恋する資格のない女です

「これは、多分、あのノートにあった何人かの若い女性の告白から、作ったものでしょうね」

と、亀井がいった。

歌は、四番まで続くのだが、日本の歌謡曲らしく、最後まで、自虐で貫かれている。

何回聴いても、これから、殺人の動機は、推測できなかった。

「柳沼功一郎が書いているという詩劇の方も、読んでみたいですね」

と、西本がいった。

「私も、読んでみたいが、時間がないよ。夜が明けたら、この事件から手を引くようにといわれているからね」

十津川は、肩をすくめるようにしていった。

3

ほとんど、眠らないままに、十津川たち三人は、夜明けを迎えた。

庁内にある食堂で、朝食をすませて、部屋に戻ると、十津川は、課長に呼ばれた。

いよいよ、引導をわたされるのだと思い、十津川は、覚悟して、捜査一課長室を、ノックした。

本多は、意外に優しい笑顔で、十津川を迎えてくれた。

「まあ、かけたまえ」

と、本多は、十津川に、椅子をすすめてから、

「ずいぶん、腫れぼったい眼をしているじゃないか」

「昨夜、カメさんや、西本君たちと、京都の事件を、再検討していたものですから」

「それで、何か、わかったのかね？」

「いくら考えても、殺人の動機がわかりません。もちろん、心中に見せかけた連続殺人としてのことですが」

「君でも、お手上げかね？」

「ですから、すっぱりと忘れて、ほかの事件の捜査にあたれますから、ご安心ください」

と、十津川がいうと、本多は、なぜか、じっと考え込んで、

「今日から、君や、亀井君たちには、別の事件を担当してもらおうと思っていたんだがねえ。君は、今でも、あれは、連続殺人だと思っているのかね？」

「思っていますが――？」

「それなら、亀井君と、原宿へ行ってもらおうか？」

「どんな事件ですか？」

「十分前に、原宿のマンションで、生方いさおが、死体で発見されたんだ」

「本当ですか？」

十津川は、顔色を変えていた。

柳沼か、生方のどちらかが、連続殺人の犯人ではないかと疑ってはいたが、その片方が殺されるとは、思ってもいなかったからである。

「本当だ。すぐ、亀井君を連れて、行ってきたまえ。その結果によっては、京都の事件を、もう一度、君に調べてもらうことになるかもしれん」

と、本多は、いった。

十津川は、奇妙な気持ちで、亀井を連れて、原宿に出かけた。

昨日、訪ねたばかりの十二階建てのマンションである。

その前には、早くも、野次馬が集まり、新聞社の車が並んでいた。殺されたのが、作詞家

の生方いさおだからであろう。

十津川と亀井は、エレベーターで、九階に上がった。

廊下には、制服の警官が配置され、記者たちが、事件のあった生方の部屋に侵入するのを防いでいた。

二人が、中に入ると、原宿署の刑事が、迎えてくれた。

生方いさおは、居間のじゅうたんの上に、ガウン姿で、俯《うつぶ》せに倒れていた。その背中に、深々と、ナイフが、突き刺さっていて、流れた血は、すでに、完全に乾いてしまっている。

「今朝、レコード会社の人間が、迎えに来て、ドアが開いているのを不審に思って、のぞいたところ、死んでいるのを発見したというわけです」

と、原宿署の刑事が、十津川に説明した。

「ガウン姿のところをみると、昨夜のうちに殺されたようだね？」

「検視官も、殺されたのは、昨夜の十二時頃ではないかとみています」

「指紋は？」

「ナイフの柄も、ドアのノブも、きれいに拭き取ってあるそうですから、犯人の指紋が検出される可能性は、まず、ないと思います」

「そうか」

肯きながら、十津川は、ゆっくりと、室内を見回した。

広い居間も、隣りの寝室も、書斎も、荒らされてはいないし、格闘の形跡も見つからなかった。

多分、犯人は、油断を見すまして、いきなり、背後から刺したのだろう。

「どうなっているんですかね？」

と、亀井が、十津川に話しかけた。

「私にもわからんよ。まさか、生方いさおが殺されるとは、思ってもいなかったからね」

「これも、京都の連続殺人の続きなんでしょうか？」

「カメさんは、どう思うね？」

「私は、続きだと思いたいですね。それなら、京都の事件を、もう一度、調べられます。少し、不謹慎かもしれませんが」

亀井は、そんないい方をした。

確かに、亀井のいうとおりかもしれなかった。

十津川にしても、京都の連続殺人事件に、未練がある。殺人だという証拠もつかめないし、肝心の動機も、まだわからないが、殺人だという確信だけは、次第に強くなっていたからである。

友人の死にぶつかった西本刑事は、いっそう、その気持ちが強いだろう。

生方いさおの死体は、解剖のために、運び出されていった。

広い居間に、ぽつんと、空間が生まれ、そこへ、白いチョークで、死体の形を書きつけていく。

「しかしねえ、カメさん。今度の殺しは、今までとは、形が違うよ」

と、十津川は、いった。

京都での事件は、すべて、自殺に見せかけて、殺されている。四組八人が、心中に見せかけて殺されているのだ。

だが、今度の生方いさおは、ナイフで、背中を突き刺されて殺されている。

「そうですね。タイプの違う殺し方ですから、全く別の犯人ということも考えられます。しかし、今度は、余裕のない、切羽つまった状態に追い込まれたので、自殺に見せかけることが出来なかったということも考えられます」

「切羽つまっての殺しか」

「そうです」

「犯人が、脅迫されたかな」

と、十津川は、呟いた。

「というと、生方いさおは、犯人を知っていたということですか？」

亀井が、眼を大きくして、十津川を見た。

十津川にも、まだ、確信があるわけではないが、もし、京都の事件との関係で、生方いさおが殺されたとしたら、犯人を知っていたために殺された可能性もあり得るのだ。

「その可能性はあると思うね。犯人は、生方いさおから、指摘されて、あわてたんだ。カメさんがいうように、切羽つまって、ナイフで刺し殺したんじゃないかな」

「しかし、警部。警部が昨日、生方いさおに会われたときは、犯人を知っているようには、見えなかったんじゃありませんか？」

「そのとおりだよ。あれは、芝居じゃなく、本当に、知らない顔だったね」

十津川は、生方の顔を思い出しながら、いった。

「それが、なぜ、急に、犯人がわかったんでしょうか？」

「そのことだがね。一つだけ、突然、気づく場合があると思うんだよ」

「どういう場合ですか？」

「私は、昨日、生方いさおには、柳沼功一郎の名前をいい、柳沼には、生方の名前をいって、反応を見てみた」

「お互いを知っているようでしたか？」

「名前だけは、知っていたと思うね。しかし、犯人かどうかなどということは、考えていなかったらしい。それどころか、生方にしても、京都の事件が、殺人事件であるなどとは、全く、考えていなかったようだよ。しかし、私にいわれてから、京都の事件のことと、柳沼功一郎のことを、結びつけて考えたんじゃないかと思うんだよ」

「なるほど。当然、考えられますね」

「ある意味でいうと、生方と柳沼は、同じことを、ここ何年か、やってきたわけだよ。京都の直指庵に行き『想い出草』に感動し、片方は、レコードを出し、片方は、詩劇を作ることを考えたことでね。同じことをしている人間というのは、お互いの気持ちが、よくわかるんじゃないかな。生方には、柳沼功一郎が、どんな気持ちで、直指庵のノートを読み、どう感動したかが、よくわかる。とすると、柳沼が、どんなことで、深く傷つくかもわかったんじゃないかね」

「なるほど」

亀井の顔が、だんだん、輝いてきた。

「つまり、柳沼功一郎が、犯人である場合だけ、生方いさおが、突然、犯人に気づくことが考えられるんだよ。生方には、まず、犯人の動機がわかったんだと思う」

「われわれが、いくら考えてもわからない犯人の動機がですか？」

「生方いさおが、連続殺人事件の犯人に殺されたのだとすれば、ほかには、考えられないよ。生方は、柳沼が、八人の男女を殺すところを見てはいないはずだ。目撃しているのなら、その時点で、警察に知らせていただろうからね。生方は、私が、柳沼の名前をいったので、彼に注目したんだ。警察が、柳沼に注目していることも知った。そして、多分、柳沼が犯人だとして、なぜ、四組ものカップルを殺したのだろうかと考えたんだな。普通の人間だったら、雲をつかむようなことだったかもしれない。しかし、生方には、すぐに、想像がついた。理由は一つしか考えられない。二人には、共通のものとして、京都の直指庵があったからだよ。歌謡曲と、詩劇という違いはあっても、二人とも、『想い出草』に感動したことは、同じなんだ。そこで、生方は、こう考えたんじゃないかと思う。あのノートに書かれた言葉に感動した人間は、どんなことで、大きく傷つき、それが、殺意にまで高まるかを、生方は、知っていたんじゃないだろうか。だから、柳沼が犯人だと、わかった。それを確かめたくて、多分、生方は、柳沼に電話したんだと思うね」

「なぜ、警察に知らせなかったんでしょうか？　そうしていれば、殺されずにすんだかもしれないのに」

亀井が、口惜しげにいった。

十津川は、また、ちらりと、居間の床に描かれたチョークの人型に目をやった。

「理由は、いろいろと考えられるね。まず、柳沼が犯人と思っても、証拠がなかったこともあるだろう。証拠がなければ、警察にいっても仕方がないと思ったんじゃないかな。しかし、大きな理由は、生方の自負じゃないかと思うね」

「自負といいますと？」

「彼は、今もいったように、柳沼が、なぜ、四組八人の男女を殺したかがわかったんだ。わかったことが、きっと、得意だったんだろうと思う。われわれ警察が、動機がわからなくて、四苦八苦していたわけだからね。生方は、それを、誰かにいいたくて仕方がなかったんじゃないかね」

「それで、柳沼本人にいったというわけですか？」

「いちばん手応えのあるのは、本人にいうことだからね」

「しかし、そんなことをすれば、相手が、口封じに殺しに来ることは、わからなかったんですかね？」

亀井が、舌打ちをした。

「いや、そうではないと思う」

と、十津川が、いった。

「と、いいますと？」

「生方が、そんな馬鹿だとは思わないよ。おそらく、生方は、匿名で、柳沼に電話をかけたんじゃないかな。こちらの名前をいわず、京都での連続殺人の犯人は君だろう、おれには、なぜ、殺したのか、その動機もわかっている。動機は、これこれだろうと、指摘したんじゃないかな。そして、相手が驚くのを楽しんだのさ。匿名の電話なら、相手に気づかれることはあるまいと、タカをくっていたんじゃないかね」

「ところが、柳沼の方は、その電話が、生方いさおだと、わかったんですね？」

「私が、柳沼に、彼の名前をいってしまったからね。私としては、お互いの名前を告げて、反応を見ようとしたんだが、柳沼は、すぐ、生方いさおのことを思い出し、動機に気がつくのは、この男しかいないと考えたんだろう。柳沼も、生方いさおが、直指庵に通っていたことは、知っていただろうからね」

「そして、油断を見すまして、このマンションに乗り込み、背後から刺したというわけですか？」

「あの居間に、ホームバーがあるだろう」

「はい」

「ホームバーには、簡単な食事を作れる設備もあるし、流しもついている」

「そこに、空になったグラスが、沢山散らかっていますね。汚れたお皿も、何枚か突っ込んであります」

「多分、昨夜、小さなパーティを開いたんだろう。生方も、かなり酔っていたんじゃないかな。みんなが帰ったあと、ドアを閉めるのを忘れたとしても、不思議はない。柳沼は、開いているドアから入り込み、生方を刺し殺したんじゃないかと、私は、思うんだがね」

「柳沼を、逮捕しますか？」

亀井が、勢い込んでいうのへ、十津川は、

「まあ、待てよ。カメさん」

と、手で制した。

「今の私の推理は、あくまでも、柳沼を犯人と、仮定しての話だよ。証拠なんか、どこにもないんだ。パーティに呼ばれた人間が、殺したのかもしれん。推測では、令状は取れないよ」

「じゃあ、どうしたらいいんですか？」

「昨夜のパーティに出席した人間の証言が欲しいね。パーティが、何時に終わったのかも知りたいし、私の推理が当たっているとすれば、生方が、柳沼に電話したのさ。パーティの前だから、パーティのとき、誰かに、そのことを話しているかもしれない」

「なるほど。得意になって、喋っているかもしれませんね」

「それと、柳沼のアリバイを調べておきたいね。彼が生方を殺したという証拠はないが、アリバイがなければ、それだけ、容疑は濃くなるからね」

4

原宿署に、捜査本部が置かれた。

看板には、「マンション殺人事件捜査本部」の文字が書かれたし、新聞記者には、この事件が、京都の連続心中事件と関係があるとは一言もいわなかったが、十津川たちは、関係ありとして、捜査を進めることになった。

昨夜、生方の部屋で開かれたパーティの出席者は、すぐにわかった。
Nレコード制作部長の鬼島《おにじま》恭一郎《きょういちろう》
ベテラン歌手の花井《はない》みさえ
作曲家の田宮《たみや》博《ひろし》
俳優の遠藤《えんどう》豊《ゆたか》
この四人である。
十津川は、この四人に、捜査本部に集まってもらった。
どの顔も、さすがに、ショックで青ざめている。
「時々、皆さんで集まって、パーティをやるんですか？」
と、十津川は、四人の顔を見回した。
田宮が、代表する形で、
「われわれは、何となく気が合いましてね。毎週、金曜日に集まることにしているんですよ。私たちのほかに、あと二人メンバーがいて、全部で七人です。お互いに忙しいので、全員が揃うなんてことは、めったにありません。昨夜なんかは、よく集まった方です」
「集まったのは、何時でした？」
「一応、七時から十時までと決めているんですが、たいてい、九時頃に集まって来ますねえ。終わるのも、十二時近くになります」

「昨夜も、九時頃に、皆さんは、生方さんのところに集まったわけですか？」

十津川がきくと、四人は、顔を見合わせていたが、歌手の花井みさえが、

「あたしが、いちばん早かったと思うの。ええと刑事さん。あれは、八時半頃だったわ」

「パーティが終わったのは、何時頃ですか？」

「十二時近かったと思うわ」

「それでいいですか？」

と、十津川は、ほかの三人を見た。

「そうですね。十二時少し前だったことは、確かですよ」

と、鬼島がいった。

「生方さんは、かなり酔っていましたか？」

「ええ。彼も、好きですからね」

「パーティの席では、いろいろと話がはずんだと思いますが、生方さんが、京都の直指庵のことを話しませんでしたか？」

「もちろん話しましたよ」

と、鬼島がいった。

「いつも、話すんですよ。よほど、あそこにあるノートに感動してたんでしょうね」

と、いったのは、俳優の遠藤である。

「京都では、連続して、心中事件が起きているんですが、昨夜、生方さんは、その件について、何かいっていませんでしたか？」

十津川は、いちばん大事なことをきいた。

「そんなこと、話してたかな？」

と、田宮が、首をひねっていると、花井みさえが、

「そうだわ。あたしに、面白いことをいってたわ。京都の事件は、実は殺人事件で、自分は、その犯人を知ってるんだって」

「生方さんは、そういったんですね？」

十津川は、強い眼で、花井みさえを見つめた。

みさえは、長い髪を片手で、なぜるようにしながら、

「本当なのって、きいたら、ニヤニヤ笑いながら、犯人と電話で話したといってましたよ。お前が犯人だろうといってやったら、相手は、電話の向こうで、絶句していたって」

「やはりね」

十津川は、満足して、微笑した。

彼が思ったとおり、生方は、柳沼が犯人と見て、電話したのだ。

「その犯人の名前ですが、生方さんは、柳沼功一郎といっていませんでしたか？」

「いいえ。名前は教えてくれなかったわ。だから、冗談でいったんじゃないかと思ってたん

ですけど、あの話は、本当だったんですか？」

「いや、まだわかりません」

と、十津川は、いった。

十津川は、四人に礼をいって、帰ってもらった。

「警部の考えられたとおりでしたね」

亀井が、嬉しそうにいった。

「そうだな、これで、柳沼が、生方を殺した可能性は大きくなったね」

「大きくなったどころか、犯人は、柳沼と決まったようなものじゃありませんか」

若い西本が、じれったそうにいった。

十津川は笑って、

「そう興奮しなさんな。生方いさおが死んでしまっては、柳沼が犯人だとしても、動機がわからないんだ。君に、想像がつくかね？」

「いえ、私にもわかりません」

「柳沼を逮捕するには、動機を突き止めることが必要だよ。動機もわからずに、逮捕はできないよ。それに、アリバイだ。八人の男女が殺されたときの柳沼のアリバイも、調べる必要があるが、さしあたっては、昨夜、生方いさおが殺された時刻のアリバイだよ」

「パーティが、十二時少し前に終わったといっていましたから、生方が殺されたのは、十二着替えをする時間はあったわけだからね」
「ガウンを着ているところをみると、パーティが終わってすぐではないだろう。少なくとも、時過ぎということになりますね」

と、十津川は、いった。

生方いさおの解剖が終わったのは、夕方に近くなってからである。

死因は、背中から心臓に達する刺傷だったが、問題は、死亡推定時刻の方だった。

解剖の結果、十二時から、午前二時までの二時間ということになった。

幅が広すぎるが、これは、問題の居間はクーラーがついていて、死体が発見されたときも、クーラーが「強」になっていたからだという。そのため、室温は、十八度くらいまで下がっていて、外の温度との差が、十二、三度はあったわけである。

温度の差は、死後硬直や、腐敗などにも影響を与えずにはおかない。その誤差を考えて、二時間という幅をとったということだった。

その結果をもとに、柳沼功一郎のアリバイを調べることにした。

十津川が、亀井と二人で、もう一度、柳沼に会いに出かけた。

久我山の家に着いて、案内を乞うと、今日は、三十二、三歳に見える女性が、顔を出して、

「主人は、昨日から、旅行に出かけておりますが」

と、二人にいった。

十津川は、わかっていたが、確認する意味できいた。

「奥さんですか？」

「はい」

「旅行は、どこへ？」

「いつものように、京都へ出かけましたけど」

「昨日の何時頃、出かけられたんですか？」

「夕方の四時頃だったと思います」

「すると、今は、京都においでのわけですね」

「ええ」

「京都の何というホテルですか？」

「いつも、鴨川ホテルと決まっておりますから、今度も、そこに泊まっていると思いますけれど」

「思いますというのは、確認はされていないんですか？」

亀井が、横からきくと、夫人は、眉をひそめて、

「月に何回も行くのに、いちいち、ホテルに着いたかどうかなんて、確かめたりはしませんわ」

といった。その言葉には、夫婦間の信頼が示されているというよりも、夫への愛情が、冷

めてしまっている感じがした。

昨日、十津川が、この家を訪ねたときは、柳沼がいて、夫人が留守だったが、そのときは、柳沼の妻に対する無関心さを感じたものだった。

「電話をお借りできますか？」

と、十津川が、きいた。

「どうぞ」

と、夫人は、二人を、居間へ招じ入れた。

そこに、電話が置いてある。壁に、二十カ所近い場所の電話番号が書いてあったが、その中に、鴨川ホテルの電話番号も、のっていた。

夫人は、二人を居間に置いて、奥へ消えてしまった。

「何となく、冷たい夫婦ですな」

亀井が、小声でいった。

十津川は、肯きながら、受話器を取り、鴨川ホテルのダイヤルを回した。

「鴨川ホテルですが」

という若い女の声が聞こえた。

「そちらに、柳沼功一郎さんが泊まっていますか？」

「はい。電話をお回しします」

多分、交換手だろう。そういって、すぐ、男の声が出た。

聞き覚えのある柳沼の声だった。

「昨日、お宅に伺った警視庁の十津川です」

と、十津川は、いった。

「ああ、覚えていますよ。何かご用ですか？」

「昨日、生方いさおという作詞家のことをお話ししたと思うんですが」

「聞いたような気がしますが、それが、どうかしたんですか？」

柳沼の声は、電話を通して聞くせいか、ひどく、そっけない。

「昨夜おそく、殺されました」

「ほう。しかし、私とは、何の関係もないでしょう？」

「この生方さんですが、殺される前に、あなたに電話したと思われるんですが、かかって来ませんでしたか？」

「それは、いつですか？」

「昨日です」

「昨日、私は、四時に家を出てしまっていますからね」

「では、その前かもしれません。いかがですか？」

「生方という人からは、電話なんかは、ありませんでしたよ」

「そうですか。そちらのホテルにお着きになったのは、何時頃ですか？」

十津川がきくと、柳沼は、怒ったような声になって、

「そんなことまで、なぜ、いちいち、あなたに答えなきゃならんのですか？」

「生方さんに、少しでも関係している方には、当日の行動を教えていただいているんです。あなたは、生方さんと、京都の直指庵という共通のものをお持ちになっているのと、電話云々の件もあるので、おききしたわけです」

「つまり、私が、その生方さんを殺したんじゃないかと、疑われているわけですね」

柳沼の語調が、皮肉になった。

「そんなことはありません」

と、十津川は、相手が信じないのを承知でいった。

「お答えになりたくなければ、結構ですが」

「拒否すれば、それだけ、疑われるというわけでしょう？」

と、また、柳沼は、皮肉な調子でいって、

「午後八時少し過ぎにはこのホテルに入りましたよ。お疑いなら、ホテルのフロントで確かめてください」

「そうしてみましょう。八時過ぎにホテルに入られたあとは、どうなさいました？」

「新幹線に揺られて、疲れましたので、とにかく眠りましたよ」

「今朝は、いかがですか？」

「ルームサービスで朝食をとって、これから直指庵へ行こうと思っていたら、そちらから、電話がかかってきたわけです」

「朝食は、何時にとられました？」

「八時です。それが、どうかしましたか？」

「なぜ、急に、京都へ行かれたんですか？」

「あなたにも話したとおり、私は、直指庵のノートに刺戟されて、一つの詩劇を作っています。壁にぶちあたるたびに、京都へ行き、虚心になって、また、あのノートを見ることにしているわけです。それで、今日も、京都に来ているわけですよ」

「いつも、突然、行かれるわけですか？」

「自分としては、別に、突然という感じはないんですが、他人《ひと》から見ると、そう思われるかもしれませんな」

「昨夜おそく、東京に戻っていたということはないでしょうね？」

「わざわざ京都へ来たのに、そんな馬鹿なことをするはずがないでしょう。とにかく、本を読みながら、眠りましたよ」

「おひとりですね？」

「私は、いつも、ひとりで旅行することにしています。これから、直指庵に行かなければなりませんので、ほかにご用がなければ、失礼したいんだが――」

「今日は、これで結構です」

「今日は――？」

「また、おききすることがあると思いますので」

と、いって、十津川は、受話器を置いた。

5

十津川と、亀井は、外へ出た。

「どう思われますか？」

と、亀井が、歩きながらきいた。

「突然、京都へ行ったというのが、やはり、引っかかるねえ。八時過ぎに、京都のホテルに入れば、アリバイが作れると思ったのかもしれない」

「八時に京都にいても、最終の新幹線で東京に逆戻りすれば、十二時前に、東京駅に着きますよ。京都から東京までは、三時間しかかかりませんからね。悠々と、原宿のマンションへ行って、生方いさおを殺せますよ」

「殺したあとは？」

「新幹線は、もうありませんが、車を使えば、帰れないことはありませんよ。東名と、名神高速を利用すれば、五、六時間で、京都へ帰れるんじゃありませんか？」

「君は、もう一度、西本君を連れて、京都へ行ってくれないか」

「鴨川ホテルで、柳沼の行動が、電話のとおりかどうかを調べるわけですね？」

「そうだ。それに、柳沼が、京都にしばらくいるようだったら、君たちも、京都にとどまって、彼の行動を監視してもらいたいんだ」

「柳沼が、また、若いカップルを、心中に見せかけて殺すとお考えですか？」

「いや、もう、殺しはやらないだろう。警察がマークしていることは、知っているからね。ただ、そんなときに、わざわざ、あわてて京都へ行った理由が、よくわからないんだよ」

「それは、生方いさおを殺そうと考え、そのアリバイ作りのためじゃありませんか？」

亀井は、それ以外に考えられませんよという顔をした。

十津川も、その意見に反対なわけではなかった。柳沼は、数年にわたって、京都を訪ねている。多分、その経験から、いったん、京都のホテルにチェックインしてから、ひそかに東京に舞い戻って生方を殺し、何食わぬ顔で、また京都のホテルに戻るトリックを、考えついたのだろう。

しかし、ただそれだけで、京都へ行ったのだろうか？

生方いさおを殺すことを考えて、そのアリバイを作るためだけならば、別に京都へ行かなくても、ほかに方法はあるはずだと、十津川は思う。

柳沼は、ほかにも、至急、京都へ行かなければならない理由があったのではあるまいか？

「どうも、わからんな」

と、十津川は、首を振った。

「柳沼は、例の詩劇を完成させるために、もう一度、直指庵へ行って、『想い出草』を見たくて、京都へ来ているといったんでしょう？」

「そうだ」

「警部は、それが本当だと思われたわけじゃないでしょう？」

「もちろん、あわてて、夕方出発しなくたって、翌朝早く、新幹線に乗れば、昼前には京都に着いて、悠々と、直指庵へ行けるんだからね。それにしても、例の詩劇が、どんな内容なのか、目を通してみたいね」

「柳沼は、未完成だといっているわけでしょう？」

「ああ。だから、見せられないといったことがある。しかし、未完成にしろ、途中まで書いたシナリオがあるはずだよ。それを、ぜひ、見たいと思っている」

「柳沼が犯人だとして、そのシナリオに、動機が書いてあると思われるんですか？」

「そうであってくれればと思っているんだがね」

と、十津川は、いった。

6

その日のうちに、亀井と西本の二人の刑事は、新幹線で、京都に向かった。

二人の刑事を送り出したあと、十津川は、どうしても、柳沼が書いている詩劇の原稿を見たくなった。

柳沼本人は、もし、それが、連続殺人事件の解決のヒントになるものなら、絶対に見せはしないだろう。ひょっとすると、すでに、焼却してしまっているかもしれない。

柳沼は、その詩劇を学生に演じさせるつもりでいるといった。だから、柳沼の主宰するサークルに入っている学生にきけば、内容がわかるかもしれないが、あいにくと、今は、夏休み中である。大部分の学生が、故郷へ帰っているだろうし、名前や住所を調べる方法もない。

十津川は、しばらく考えてから、もう一度、柳沼の家を訪ね、夫人に会うことにした。

夫婦の間が、あまりうまくいっていないらしいことは、彼女の応対で感じていた。その心の隙間につけ込むことが出来るかもしれないと思ったのである。

柳沼夫人の杏子は、十津川の顔を見ると、露骨に、不快そうな表情を作って、

「主人は、まだ、京都から戻って来ませんけれど」

と、いった。

一応は、居間へ通してくれたが、お茶を出すでもなく、黙っている。

退屈そうであった。

「今度は、ご主人のことではなく、ご主人が教えておられる学生のことで、伺ったのです」

と、十津川は、いった。

杏子は、不思議そうな顔になって、

「学生が、何かやりましたの？」

「ちょっと、要注意の学生がおりましてね」

十津川は、苦しい嘘をついた。

杏子は、眉を寄せて、

「今の学生は、何を考えているか、わかりませんものね」

「正月には、学生から、年賀状が来るでしょうね？」

「ええ。たいてい、故郷《くに》へ帰っているので、そこから来ますけど」

「それを見せていただけませんかね。特に、ご主人と親しくしている学生の年賀状が見たいんですが」

「過激派の学生が、主人の傍にいますの？」

杏子は、興味を覚えたらしい眼になっていた。

「まあ、そんなところです」

と、十津川は、あいまいにいった。

杏子は、奥から、五、六百枚の今年の年賀状を持ってくると、それを、テーブルの上に置いた。

次に、一枚ずつ見ていきながら、学生の分は、別にしていった。

それが、五十枚ぐらいになった。

最後に、よく、この家に遊びに来るという学生のものを、五枚選んでくれた。

「この五枚を、お借りしていって、よろしいですか？」

と、十津川は、きいた。

7

亀井と西本は、その日の午後三時四十一分に、京都駅に着いた。

京都の町は、相変わらず暑かった。東京も暑いが、暑さの感じが違うと、亀井は思う。盆地のせいで、風が全く吹かないのだ。街路樹を見ると、よくわかる。東京の街路樹は、かすかな葉ずれの音ぐらいは聞かせるが、京都のそれは、そよともしないのだ。

鴨川のほとりを歩いても、風があることはめったにない。

二人は、すぐ、その鴨川の近くにある鴨川ホテルに向かった。ホテルに入ると、冷房がきいていて、二人を、ほっとさせた。

フロントで、亀井が、警察手帳を見せ、

「ここに、柳沼功一郎さんが、泊まっているはずなんだが」

と、切り出した。

西本は、ロビーを見回した。柳沼の姿は見当たらなかった。

フロントは、硬い表情で、

「はい。泊まっていらっしゃいますが」

「柳沼さんには内緒にしておいてもらいたい。柳沼さんは、昨日、チェックインしたんですね？」

「はい」

「何時頃か、覚えていますか？」

「ええと、夜の八時を少し過ぎた頃だったと覚えています」

「宿泊は、何日までの予定ですか？」

「宿泊カードには、一週間とお書きになっていらっしゃいます」

「一週間もですか」

亀井は、西本と顔を見合わせた。

柳沼は、ここで、何をするつもりなのだろうか？

彼が犯人だとすれば、京都に一週間も滞在するのは、仕事ではあるまい。

「昨夜、柳沼さんは、ここにチェックインしてから、外出したことはありませんか？」

「さあ、疲れたとおっしゃっていましたから、すぐ、お休みになったんじゃありませんか？」

「柳沼さんは、いつも、夜おそく、チェックインするんですか？」

「いいえ。いつもは、昼間いらっしゃいますね。今回は、何か、急用だとおっしゃっていましたが」

「今朝は、ルームサービスで朝食をとったと、聞いたんですが」

「柳沼先生がですか？　ええ。前日に、注文カードをいただいておりますので、お部屋まで、お運びしておきました」

「そのカードは、見せていただけますか？」

「どうぞ。別に、秘密ではございませんので」

フロントは、長さ十五、六センチのカードの束を取り出して、その中の一枚を、亀井たちに見せてくれた。どこのホテルにもある朝食の予約カードである。

何時頃に、部屋に持って来てもらいたいか、和食か洋食かなどを記入して、ドアのノブにかけておけば、翌朝、部屋まで運んでくれるシステムである。

七〇一二号室で、柳沼のサインがあり、午前八時に運んでくれるように、その時間のところに、チェックしてあった。

「それで、今朝、何時に、朝食を運んで行ったわけですか？」

と、西本が、きいた。

フロントが、ルームサービス係を呼んでくれた。
三十二、三歳の男で、西本の質問に対して、
「午前八時にお持ちしたのは、覚えています」

と、その男は、いった。

「そのとき、柳沼さんは、間違いなく、部屋にいたんですね？」

「ええ。ドアをノックしたら、柳沼さんが顔を出して、ご苦労さんといわれました」

「間違いなく、柳沼さんですか？」

と、亀井がきくと、ルームサービス係は、笑って、

「柳沼先生は、何回もお泊まりになっているので、顔は、よく知っています」

と、いった。

これで、午前八時に、柳沼功一郎が、この鴨川ホテルにいたことは、はっきりしたと思った。

柳沼は、昨日の午後八時に、この鴨川ホテルに着き、今朝の午前八時に、ルームサービスと顔を合わせている。問題は、その間に、東京に行き、原宿のマンションで、生方いさおを

殺したかどうかということである。

時刻表を見ると、午後八時台には、東京行の「ひかり」が、五本も出ている。最終は、八時五十三分京都発である。これで帰っても、十一時四十六分には、東京駅に着く。

生方いさおは、午前零時から二時の間に殺されている。

柳沼が、最終の「ひかり」で、東京に戻れば、丁度、時間的に合うのだ。

ホテルを出てから、二人の刑事は、近くの鴨川に面した喫茶店に入った。

「東京で、生方を殺してから、やはり、車で京都へ戻ったんだな」

と、亀井は、いった。

「タクシーを使ったんでしょうか?」

「タクシーか、レンタカーだろう。今は、東京で借りて、京都で返してもよくなっているからね」

「しかし、動機がわかりませんね。なぜ、大学の先生が、八人もの男女を殺し、そのうえ、生方いさおまで殺したのか。殺して、どんな得があったんでしょうか?」

「それが問題だな。生方いさお殺しについても、柳沼にアリバイのないことが証明できても、殺す動機がないと主張されたら、困ってしまうよ。まあ、動機については、十津川警部が、解明してくれるだろうと、期待しているんだがね」

と、亀井がいったとき、窓の外を見ていた西本が、

「あれ、柳沼じゃありませんか？」

と、急にいった。

喫茶店の窓から、丁度、鴨川ホテルの入口が正面に見える。タクシーが停まって、男が一人降りたところだった。

「ああ、柳沼だ。顔は知ってるよ」

「どこへ行って来たんでしょうか？」

「柳沼が、警部にいったのが本当なら、直指庵だろう」

「行ってみますか？」

「そうだな。何をしてきたか、調べてみよう」

と、亀井は、腰を上げた。

二人はタクシーを拾って、直指庵に向かった。

今日も、暑いのに、若い娘たちが、沢山、直指庵への小道を歩いている。

亀井たちは、奥で、若い住職に会った。住職に会うのは、二人とも三回目だった。

住職も、亀井たちを覚えていてくれて、冷たい麦茶を出してくれた。

「ああ、柳沼先生なら、さっき、いらっしゃいましたよ」

と、住職は、ニコニコ笑いながらいった。

「お会いになったんですか？」

「ええ」

「柳沼さんは、何の用で、ここへ来られたんですか？」

「もう一度、『想い出草』に、じっくり、目を通したいと、おっしゃいましてね。本当に、研究熱心な方で、あのノートに書かれた若者の真実の心に感動されたんでしょうね。明日の朝には、東京にお帰りになると、おっしゃっていました。それで、夜、皆さんがお帰りになったあとにおいでいただいて、ゆっくりご覧くださるように申し上げました。前にも、柳沼先生には、そうしていただいていたわけです」

「すると、今夜も、来るわけですか？」

「はい。いったん、ホテルへお帰りになってから、おいでになるといっていましたね」

「生方いさおという作詞家を、ご存知でしたね」

「はい」

「殺されたのを、ご存知ですか？」

亀井がいうと、住職は、顔色を変えて、

「本当ですか？」

「本当です」

「あんないい方が、なぜ、殺されたんでしょうか？」

「柳沼さんが、そのことで、何かいっていませんでしたか？」

「いや。何もおっしゃっていませんでしたが――」

住職は、大きく溜息をついた。

8

同じ頃、十津川警部は、捜査本部に持ち帰った五枚の年賀状をもとに、柳沼の教え子に、電話をかけていた。

五枚のうち、三枚にだけ、電話番号が、記入してあった。

仙台、福井、浦和と、三つの地方都市に帰郷している学生からの年賀ハガキである。

まず、仙台市内に帰郷した鈴木徹也《すずきてつや》という学生に、電話をかけた。

この学生は、家にいてくれたが、柳沼の詩劇のことは知らないといった。

二番目は、福井市の両親のところに帰郷した長谷見浩子《はせみひろこ》という女子学生だった。

彼女も、家にいてくれた。

「柳沼先生の詩劇のことは知っていますわ」

と、長谷見浩子は、いった。細い、可愛らしい声だった。

「先日、柳沼さんにお会いしたら、直指庵のノートを主題にした詩劇は、まだ未完成だといわれていましたが、いつ頃、出来ると、柳沼さんは、いっていましたか？」

十津川がきくと、長谷見浩子は、

「先生が、未完成だとおっしゃったんですか？」

「そうです。違うんですか？」

「おかしいな。今年の五月に、完成したシナリオをもとにして、練習をしましたけど」

「それは、間違いありませんか？」

今度は、十津川が、大きな声を出した。

「ええ。毎日、二時間近く練習しました」

「それから、どうなったんですか？」

「夏休みに、厚生年金会館を借りて、上演することになっていたんですが、急に、そこが借りられなくなって、中止になったんですわ。秋になったら、また、練習すると、先生はおっしゃっていますけど」

「また、電話して、おききするかもしれません」

と、十津川は、いったん、電話を切って、今度は、東京新宿の厚生年金会館のダイヤルを回した。

よく、催しもののあるところで、大会場と小ホールがある。

事務局に、電話を回してもらった。

「ああ、城南大学の柳沼功一郎さんが、小ホールを一日、予約されたのは、覚えています。

八月十日です」

「急に、借りられなくなったと、柳沼さんはいっていましたが、本当ですか？」

十津川がきくと、相手は、「え？」と、きき返してから、

「それは、おかしいですねえ。柳沼さんの方から、急に、必要なくなったから、といってこられたんですよ。突然、いわれて、こちらの方が、びっくりしてしまいましたよ。お断わりになったのが、直前でしたからね」

「そのとき、柳沼さんは、何かいっていましたか？」

「ただ、要《い》らなくなったからとしか、おっしゃいませんでしたね」

と、事務局の職員は、いった。

第七章　ドラマの中の女たち

1

十津川は、長谷見浩子に会う必要を感じた。

電話では、細かいことを聞けないからである。

福井に、電話して、彼女と会いたい旨を告げると、向こうも、すぐ、同意してくれた。好奇心の強い年頃だから、警察が何を調べているのか、知りたくなったのだろう。

明日の午後一時に、国鉄福井駅の改札口で会うことに決めて、電話を切ると、次に、十津川は、京都にいる亀井に連絡をとった。

「どうだね？　そちらは」

と、十津川がきくと、亀井は、

「柳沼功一郎は、直指庵に通っています。彼が、京都へ来てしていることは、それだけですよ」

「直指庵へ行って、何をしているんだ？」

「住職に聞くと、もう一度、例の『想い出草』を読み返しているんだそうです。あのノートから受けた感銘をもとに、詩劇を書いているんだが、どうも、うまく書けない。それで、もう一度、ノートを見せてもらいに来ましたと、柳沼は、住職にいったそうです」

「それで、柳沼は、一般の人と一緒に、ノートを見ているのかい？」

「いえ。それでは、迷惑をかけるといって、一般の人が来ない時間になってから、直指庵を訪ねて、見ています。柳沼は、前から、そうしていたようです。殺された生方いさおも、そうしていたらしいですよ」

「柳沼は、まだしばらく、京都に滞在する様子かね？」

「いや、明日の朝、東京に帰ると、住職にいったそうです。ホテルには、一週間滞在する予定だったようですが」

「京都での仕事を終わったということだな」

「といいますと」

「私にもわからないが、ただたんに、直指庵へ行き、ノートを読み返すだけでなかったことだけは確かだと思うね」

と、十津川は、いってから、

「明日の朝、柳沼が京都を発つのを見送ったら、彼の尾行は西本君に任せて、君は、福井へ来てくれないか」

「福井ですか？」

「国鉄福井駅の改札口のところへ、午後一時だ」

「わかりました。直接、京都から、福井へ直行します」

「直接？　ああ、福井へは、東京からよりも、京都からのほうが近いんだったね」

と、十津川は、微笑した。

東京の警視庁に勤めている十津川は、東京生まれの東京育ちということもあって、北陸というと、反射的に、上野から行くものと考えてしまう。ほかから、金沢や、福井に行く方法が思い浮かばないのだ。

しかし、京都や大阪の人間は、そうは考えないだろう。北陸は、京都や、大阪から行くものだと思うだろうし、東京からよりも、はるかに近いのである。

2

翌日、十津川は、新幹線で、米原まで行き、米原から、北陸本線のL特急「しらさぎ3号」に乗った。

上野からの列車にしなかったのは、上野発の金沢、福井方面行きは、深夜出発する夜行列車が多く、それでは、福井に、朝着いてしまうからである。

「しらさぎ3号」は、予定どおりに走って、十二時三十分に、福井に着いた。

十津川が、改札口を出ると、亀井が、先に着いて、待っていた。

「柳沼は、今朝の九時十七分京都発の新幹線で、東京に帰りました。西本君が尾行していま す。そのあとで、私は、『雷鳥7号』に乗ったんですが、十二時前に、着いてしまって」

「やはり、福井は関西に近いんだな」

「九時四十二分に、京都を出て、ここに、十一時三十二分に着いたんですから、L特急で、一時間五十分ということですか」

「ところで、ここで、若い女子大生と、デートなんだがね」

「相手の顔は、ご存知なんですか？」

「いや。ただ、電話で自己紹介してくれたところでは、身長一六〇センチ、どちらかというと、太り気味で、白のスカートに、黒のタンクトップを着ているそうだよ」

「それなら、あそこを、今、構内に入って来た娘さんじゃありませんか？」

と、亀井が、駅の入口を指さした。

確かに、白のスカートに、黒のタンクトップという恰好の若い娘が、腕時計を気にしながら、駅の構内に入って来るのが見えた。

「しかし、少しスマート過ぎやしないかね。彼女は、太り気味だといっていたんだよ」

「若い娘は、あのくらいでも、自分では、少し、太っているると思っているのかもしれませんよ」

と、亀井が笑った。

十津川たちが、声をかけてみると、やはり、それが長谷見浩子だった。

北陸の海で泳いでいたというだけあって、魅力的に陽焼けしている。

十津川が、駅近くのレストランに、昼食に誘った。

現代っ娘らしく、へんに遠慮などせず、ニコニコ笑いながら、自分の食べたいものを注文した。

十津川は、食事が終わり、コーヒーになってから、

「柳沼さんの詩劇のことですがね」

と、長谷見浩子に、話しかけた。

「ええ」

「シナリオは、完成したといいましたね？」

「ええ。柳沼先生から、本を渡されて、稽古をしましたもの」

「今、そのシナリオを、お持ちですか？」

「何回か稽古したあと、急に、中止になって、先生が、全部、集めてしまったんです。だか

ら、持っていませんわ」

「どんなシナリオだったか、覚えていませんか？」

十津川がきくと、浩子は、ちょっと考える顔になってから、

「私のパートのところは、覚えていますけれど」

「そこだけでも結構ですよ。どんな内容だったか、教えてもらえませんか？」

「柳沼先生の詩劇では、四人の若い女性が、主役なんです。その一人の役を、私がやることになっていたんですわ」

「男は、出て来ないんですか？」

と、亀井が、きいた。

「出て来ますけど、みな、主役の女性の陰の存在として出てくるんです。女を不幸にした男とか、女と心中しそこなって、自分だけ死んでしまった青年といった形でですわ。私は、十七歳で、一歳年上の十八歳の男の子と同棲し、妊娠してしまうんです。そして、四カ月になってから、びっくりして、無理やり、堕ろしてしまう。自分の子供を殺したわけですわ。彼女は、そのことに苦しみ続けるんです。最初の男とも別れ、一年後に、恋愛をしますけど、絶えず、自分は、母親のくせに子供を殺したという自責の念に苦しめられて、その男とも別れてしまいます」

「なるほど」

「彼女は、自分の殺した子供の声を聞きたくなって、下北半島の恐山に行き、イタコに頼みます」

「死者の霊を呼び出すことが出来るというイタコですね？」

と、青森生まれの亀井刑事が、きいた。

「ええ。そうですわ。イタコは、死んだ赤ん坊の言葉を、彼女に伝えます。いかに、殺されるとき、苦しかったか、どんなに、母親を恨んでいるかをです。そのとき、中国地方の子守り唄が流れます。私が、登場すると、必ずこの唄が流れることになっているんです。彼女の母親が、よく、中国地方の子守り唄を歌ってくれた。その思い出が、彼女の胸の中で重なってくるからですわ」

「それで、最後は、どうなるんですか？」

と、十津川が、きいた。

「頭がおかしくなって、赤ちゃんの人形を抱いたまま、海に飛び込んでしまうんです」

「主役は、ほかに、三人の女性がいたといいましたね？」

「はい」

「その三人も、あなたのやる女のように、暗い過去を背負っていることになっているんですか？」

「そうですわ。学生時代の夏休みに、ふと知り合った男と、海で恋に落ち、一緒にボートに乗っていて、男が、海に落ちて死んでしまう。彼女のほうは、自殺を図りますけど、死に切れず助かってしまいます。彼女の家族は、そのことを、必死になって、世間から隠してしまいますが、彼女自身は絶えず、自殺の衝動から逃れられずにいます。ほかの二人も同じように、暗い過去を背負って、生き続ける女たちということになっていましたわ。だから、男性たちは、女たちの人生の過程に出てくるだけなんです」

「なぜ、柳沼さんは、途中で、中止して、シナリオを回収したんだろう？」

「わかりませんわ。四人の女たちの生き方というのは、みな、暗い、悲しいものでしたけど、私は、感動的で、素敵だと思っていたんです。一緒に、この詩劇を演じることになった友だちも、感動したって、いってましたわ」

「柳沼さん自身は、自信がなかったのかな？　だから、中止してしまったということは、ありませんか？」

「そんなことは、なかったと思いますわ」

「なぜ、そういえます？」

「柳沼先生自身、最初に、私たちに、脚本《ほん》を渡して、稽古に入ったとき、自信満々だったんですよ。この女たちの、暗い業《ごう》を背負った生き方は、全て、真実なのだと、おっしゃっていたし――」

「真実だと、いったんですか？」

「ええ。事実と真実は違いますけど」

「柳沼さんは、この詩劇を上演するために、新宿の厚生年金会館のホールまで予約していたのに、それも、突然、キャンセルしてしまっている。それについては、柳沼さんは、ほかには、何もいわなかったんですか？」

「ええ」

「まだ、どこにも発表してなかったんですか？　その詩劇のシナリオは？」

十津川がきくと、浩子は、また、ちょっと考えてから、

「そうだわ。雑誌に発表したと、おっしゃってたわ」

3

「雑誌？　どの雑誌ですか？」

「一般の書店で売ってる雑誌じゃないんです。柳沼先生は、『パピルス』という同人雑誌を、お友だちとやっていらっしゃって、それに、発表したと、おっしゃっていましたわ。もちろん、そのときは、自信満々で、ニコニコしていらっしゃったんですけど」

「その同人雑誌を見たいと思うんだが、どうすれば、見られるか、わかりませんか？」

「それは、柳沼先生にいえば、見られるんじゃありません？　何冊か、お持ちのようでした

もの」

「折角の上演を中止してしまったわけでしょう。その柳沼さんが、活字にした雑誌を見せてくれるとは思えませんのでね。柳沼さんは、どういう友人と、その『パピルス』という同人雑誌をやっているのか、わかりませんか？」

「一度、先生の家へ遊びに行ったとき、その雑誌を見せてもらったことがありますわ。何でも、大学時代のお友だちと作っているとおっしゃったような気がするんですけど。いろんな職業の人がいて、有名商社の課長さんもいれば、菓子屋のご主人もいるというのも、聞きましたわ」

「柳沼先生は、確かK大の英文でしたね？」

「ええ」

「同窓生と作っている同人誌ですか」

と、十津川は、呟いてから、

「柳沼さんというのは、どういう人ですか？」

と、浩子にきいた。少しばかり、漠然とし過ぎた質問だったかもしれない。

浩子も、戸惑ったような表情で、一瞬、黙ってしまったが、

「講義は丁寧だし、生徒に対しては、優しいいい先生ですわ。何よりもいいのは、講義に手を抜かないことかな。なまけ者の生徒には、煙たいかもしれませんけど」

「誠実だということですか?」

「ええ。一言でいえば」

「欠点もあるでしょう? 人間なんだから」

亀井が、きいた。

「そうですわねえ。これは、欠点といえるかどうかわかりませんけど、柳沼先生は、神経質なところがあるんです。だから、誠実に、授業をなさるのかもしれませんわ」

「どんなふうに神経質なんですか?」

「どうっていわれると、困るんですけど」

と、浩子は、笑ってから、

「学生って、よく駄洒落をいうんです。でも柳沼先生の講義のときに、駄洒落をいうと、先生は、怒るんですよ。少し神経質すぎると思うんですけどね。男子生徒の中には、先生が怒るのを面白がって、わざと、品の悪い駄洒落をいうのもいますわ」

「そんなとき、柳沼さんは、どんな態度に出るんですか?」

十津川が、興味を持って、きいた。

「一度、先生が、むっとして、教室を出て行ってしまったことがあって、あれには、みんな、びっくりしたんです。神聖な講義を、下品な駄洒落で汚すのは、許せないと思ったんですって」

「しかし、柳沼さんは、英文学でしょう？」

「ええ」

「英文学といえば、ユーモアの代名詞みたいなものだし、シェークスピアの戯曲なんて、駄洒落の集まりだと聞いたことがありますがねえ」

と、十津川がいうと、浩子は、笑って、

「例外は、どこにだって、いるんじゃありません？」

といった。

4

浩子とは、駅前で別れた。

「何とかして、彼女のいった同人誌を読んでみたいね」

十津川は、駅の構内に入りながら、亀井にいった。

「しかし、それで、何かわかるとお考えですか？」

「柳沼は、直指庵のノートに触発されて、詩劇を書いたんだ。しかも、その柳沼は、直指庵のノートに、愛の喜びを書きつけたアベックを、四組も、心中に見せかけて殺したと思われる。私は、柳沼が犯人に違いないと思っているんだが、そうなると、なぜ、一方で、『想い出草』の言葉に感動した男が、一方で、同じノートの言葉に怒って、人殺しまでするのかが、問題になる。だから、柳沼が感動したのは、どんな言葉だったのかを知りたいんだよ。直指庵へ行って、ノートを調べてもいいが、何年頃の、どんな言葉なのかわからないのでは、探しようがないからね。柳沼の創った詩劇のシナリオが手に入れば、それが、わかるかもしれない」

と、十津川はいった。

「すぐ、東京へ帰りますか？」

「そうしよう。柳沼の行動も、気になるからね。ホテルには、最初、一週間滞在するといったのに、実際には、二日で、切り上げて、東京へ帰った。二日間で、仕事がすんでしまったのかもしれないし、あるいは、急いで東京に戻って、何かしなければならないと考えたのかもしれない。それが、気になるんだよ」

「しかし、彼と同じように、直指庵で、例のノートを見ていた生方いさおは、もう殺されてしまっていますから、次の犠牲者はいないんじゃありませんか？」

「同人雑誌だよ。カメさん。柳沼は、われわれが、自分を疑い始めたのを知っている。今度の事件の最大の壁は、動機がわからないことだが、それは、柳沼だって、知っているだろうと思うね。動機が、隠されているかもしれないのは、彼が作ったという詩劇だ。生徒に見せたシナリオは、全て、柳沼が回収したとなると、残るのは、それを掲載した『パピルス』という同人雑誌だ」

「それを回収しに、急遽、東京へ戻ったということですか?」

「直指庵へ行って、ノートを見直している間に、同人誌のことを思い出したんじゃないかな」

「なるほど」

「いちばん早く東京へ帰る方法は、やはり、北陸本線で、米原か名古屋へ出るルートかな?」

「十四時五十八分発の『しらさぎ8号』に乗れますね。名古屋行です」

亀井は、駅の案内板を見上げていった。

二人は、L特急の「しらさぎ8号」に乗った。

名古屋着が、十七時十六分だった。すぐ、新幹線の「ひかり」に乗り換え、東京には、午後七時過ぎに着くことが出来た。

十津川は、念のために、東京駅から、柳沼の家に電話を入れてみた。彼が、本当に、帰っているかどうかを、確かめたかったからである。

電話口には、夫人が出た。

「先日、お邪魔した警視庁の十津川です。ご主人は、いらっしゃいますか?」

と、十津川がきくと、相手は、そっけなく、

「いいえ。まだ、京都だと思いますけど」

「ご主人からは、何の連絡もないんですか？」

「はい。旅行に出ると、あまり、連絡して来ませんので」

夫人の声は、相変わらず、冷たかった。

十津川は、電話を切った。

「柳沼は、まだ、久我山の自宅に帰っていないよ」

「おかしいですね。柳沼は、今朝早く、新幹線に乗ったんです。昼過ぎに、東京に着いていなければ、おかしいですよ」

「東京に着いてから、家に帰らず、走り回っているんだろう」

「同人誌を回収するためにですか？」

「ほかに考えられないが、われわれには、どこに同人がいるのかが、わからん」

「K大時代の同窓生とやっているといっていましたね」

「だが、今、大学は夏休みだから、調べようがないんだ」

「じゃあ、どうします？」

「西本君が、柳沼を尾行しているんだったな？」

「そうです。絶対に離れるなといってあります」

「それなら、途中、報告してくるかもしれない。警視庁へ帰ってみよう」

十津川たちは、地下鉄を利用して、警視庁へ帰った。

西本刑事から、電話が入ったのは、その二十分後だった。

「今、田園調布に来ています」

と、西本がいった。

「柳沼が、そこに来ているのか？」

十津川が、きく。

「柳沼は、昼過ぎに、新幹線で、東京に着くと、駅から、どこかへ電話をかけました。何回か十円玉を入れたり、切ったりしていましたから、何カ所かにかけたんだと思います。ひどく、いらいらしているようでした。そのあと、昼食をとり、それから、まず、虎ノ門にあるS化学本社に行き、黒木進郎《くろきしんろう》という管理課長に会っています。用件は、わかりませんが、一時間近く、そこにいました。そのあと、柳沼は、田園調布に来たわけです。駅から、歩いて五、六分のところにある近藤《こんどう》書店です。ここの主人に会いに来たようですが、いっこうに、出て来ません」

「近藤書店だな？」

「そうです」

「すぐ、私と、カメさんも、そこへ行く」

「その間に、柳沼が出て来たら、どうしますか？」

「君は、尾行すればいい。われわれは、近藤書店を勝手に探す。すぐ見つかるだろう?」

「すぐわかります」

5

十津川と、亀井は、すぐに、田園調布に向かった。

駅前の交番で聞いて、近藤書店に向かった。が、その本屋の前に着いてみて、西本がいなくなっているのに気がついた。

柳沼が、近藤書店から出て来たので、西本は、尾行していったのだろう。

「この店の主人に会ってみよう」

と、十津川は、亀井にいった。

かなり大きな本屋で、二階は、文房具売場になっている。

二人は、店員にいって、店の主人を呼んでもらった。

柳沼と同年輩に見える背の高い痩せた男で、文学青年が、そのまま中年になった感じであった。

近藤周一《しゆういち》というその男は、十津川たちを、すぐ近くにある喫茶店に案内した。

「私は、コーヒー党でしてね。一日に、五、六杯は飲まないと、体の調子がおかしいんです。

だから、この店にも、毎日一回は来るんですよ」

近藤は、そんなことをいいながら、嬉しそうに、コーヒーを注文した。

十津川と、亀井も、つられて、コーヒーを頼んだ。

「今日、柳沼さんが、みえていたでしょう？」

十津川は、煙草に火をつけてから、近藤に、きいてみた。

「ええ。ついさっきまで、いましたよ」

「『パピルス』という同人誌のことで、来ていたんじゃありませんか？」

十津川がきくと、近藤は、びっくりしたように、眼鏡の奥の眼を、ぱちぱちさせてから、

「よくご存知ですね」

「やはりね。すると、近藤さんは、柳沼さんとは、K大の同期生というわけですか」

「ええ。当時は、私のほうが、彼より勉強していたんですが、今では、私が本屋の主人で、彼が、英文科の教師になっていますよ」

「黒木進郎さんという人も、同期生で、一緒に、『パピルス』をやっているんじゃありませんか？」

「ええ。そうです。ほかに四人いて、七人で、やっています」

「柳沼さんの詩劇がのったのは、いつ頃の『パピルス』なんですか？」

「『パピルス』は、クオータリーなんです。去年の秋季号に載せましたよ。彼が最初に書い

たのは、詩劇ですが、それを、小説にしたやつです。『古都からのメッセージ』というタイトルです」

「作品としては、どうだったんですか？」

「いいものでしたね。彼の小説は、観念的なものが多くて、頭でっかちなものがほとんどだったんですよ。小説を書くということは、もちろん、知的な作業だけど、理屈で感動させることは出来ませんからね。彼の作品は、頭では理解できても、感動がなかったんですよ。それが、あの作品には、ありましたね。感動があった。それは、頭で書いたものじゃなくて、自分の足で調べて書いたからだと思いますね」

近藤は、自分のことのように、熱心にいった。

「自分の足で、というのは、京都の直指庵に通って書いたということですね？」

「そうです。二年、いや三年ぐらい、京都の直指庵へ通ったといっていましたね。学校が休みになると、行っていたみたいですよ。そして、若い娘たちが、赤裸々な自分の体験なり、悩みなりを書きつけたノートを読んで、ショックを受けたともいっていましたね。彼のそれまでの小説にいちばん不足しているものが、そこにあったからじゃありませんか。それで、感動したというんで、実際に、彼女たちに会ってみろといったんです」

「会ってみろですか？」

「ええ。直接本人に会って、話を聞けば、もっと、鮮烈な印象を受けるんじゃないかといったんです」

「それで、柳沼さんは、ノートの娘たちに会ったんですか？」

「何人かに会ったと、いっていましたよ」

「しかし、あのノートには、住所まで書いてありませんよ。名前だって、イニシアルのことがあるし――」

と、亀井が、首をかしげた。

6

「それがですね。あのノートに、悩みを書きつけた若い娘の中には、そのあと、直接、直指庵の住職に、手紙を書いてくるのも、何人かいて、柳沼は、そういう手紙を見せてもらって、会ったようですよ。東京の娘だけだったらしいですが」

「なぜ、東京に限定したんでしょうか？」

「まあ、京都の直指庵へ行き、あのノートに書きつけた娘たちの中に、東京の人間が多かったということもあるでしょうし、もっとも物質的に豊かに見える東京という都会に住む娘たちが、切実な悩みを、ノートに書きつけているのが、彼には、興味があったのかもしれませんね」

と、近藤はいってから、マスターに、もう一杯、コーヒーを注文した。

「柳沼さんは、ノートの娘たちに会って、どんな感想を持っていました？」

と、十津川が、きいた。彼も、コーヒーは好きなほうだが、近藤のように、立て続けに飲む気はしない。

「会って良かったといっていましたよ。特に、十七歳で四カ月の子を堕ろし、直指庵のノートに、『ママを許してください』と書いた娘が、会ってみたら、『私はきっと、生涯、この十字架を背負って生きていくと思います』といってくれたと、涙を流さんばかりでしたね。だから、『古都からのメッセージ』という彼の今度の作品でも、その十七歳の娘が、主役の形になっています。ほかに三人の女性が出て来ますが、いずれも、それぞれに、暗く、辛い過去を持った女性になっています。彼好みといえば、いえますね」

「しかし、柳沼さんは、すでに、中年でしょう。それが、そうした若い娘たちに感動して、詩劇まで書くというのは、どういうんでしょうか？　柳沼さんの個人的な理由もあったわけですか？」

十津川がきくと、近藤は、苦笑して、

「さすがに、刑事さんですね。実は、その頃から、彼は、奥さんとの仲がうまくいかなくなっていましてね。その反動で、罪の十字架を背負って生きていくという感じの娘たちに、感動し、のめり込んでいったんだと思いますね」

「今でも、奥さんとは、あまり、うまくいっていないようですね」

と、十津川は、いった。

「わかりますか？」

「奥さんと話をしたことがありますが、柳沼さんのことについて、無関心という感じを受けましたからね」

「そうですか。あそこは、両方いけないんですがねえ」

と、近藤は、溜息をついた。

「ところで、掲載した去年の秋季号ですが、今、近藤さんのところにありますか？」

「それが、一冊もないんですよ」

「柳沼さんが、持って帰ってしまったんですか？」

「昨日まで、私が三冊持っていたんです。それが、今日の午後、彼がやってきて、その三冊を焼き捨ててくれというんです。粘られて、仕方なく、彼の見ている前で、焼却しましたがね。あんなことをする彼の気持ちがわからないんですよ」

「柳沼さんは、何といっているんですか？」

と、今度は、亀井がきいた。

「あの作品は、完全な失敗作だったからだといっていましたがね」

「失敗作と、思いますか？」

「いや。彼が今までに書いたものの中では、最高の作品ですよ。私だけが、そう思っているわけじゃなくて、同人全員が思っているんですよ。だから、何かの賞の対象になるだろうと楽しみにしているんですがねえ」

「四人の若い娘が、出てくるといわれましたね？」

「そうです。四人とも、罪の意識を持った娘ですよ」

「柳沼さんが上演しようとした詩劇のシナリオでは、四人とも、その罪の意識を背負って、生きていくストーリーになっているように聞いたんですが、違いますか？」

「そのとおりです」

「では、その四人の女性は、最後は、どうなるんですか？　もちろん、小説の上でですが」

「一人は自殺し、一人は、交通事故で死にます。三人目は、発狂して、精神病院に収容されます。四人目は、確か、自分を愛してくれる青年と別れて、飛行機で外国へ旅立つんです」

「救いのないストーリーですね」

十津川がいった。

「そうですね。一見すると、全く、救いのないストーリーです。しかし、あれが、簡単に救われてしまったら、それこそ、目もあてられないチャチな作品になってしまいますよ。現実離れした、お伽話にね。たとえば、十七歳で、四カ月の子を堕ろしてしまった娘ですが、作品の中では、その罪の重みのために、普通の結婚ができず、最後には、自殺の道を選んでしまうんですが、その暗さゆえに、素晴らしい文学作品になっているんです。人間の持っている業といったものが、ひしひしと、読む人間に伝わってくるんです」

「なるほど。最初、柳沼さんは、自分の作品が嫌だとはいっていなかったんでしょう？」

「そのとおりです。初めて、満足の出来る作品が書けたと、彼自身、いっていたんですよ。ひそかに、文学賞を狙っていたんじゃないですかね。『パピルス』に掲載したとき、彼は、自分の作品に、あとがきをつけましてね。その中で、自分が、いかに強い感銘を、直指庵のノートから受けたかということを、細かく、書いていましたよ。そのノートに、赤裸々な告白を書きつけた娘たちは、なまはんかな聖職者よりも、人間の原罪というものを知っているに違いないともです」

「人間の原罪ですか？」

「そういう人間にとって、根元的な問題を、あとがきに書いたということは、彼自身、今度の作品に、大変な自信を持っていた証拠だったと思うんですが、それを、なぜ、今になって、否定しようとするのか、全くわからなくて、困惑しているんですがねえ」

「小説の中に出てくる四人の娘ですが、それぞれに、モデルがあるわけですね？」

「そうです。柳沼は、そういっていましたよ」

「彼女たちは、直指庵のノートに、告白を書き、それを柳沼さんが読んで感動したわけですね。そして、東京で会った？」

「ええ」

「四人の女性の名前は、わかりませんか？」

「それはわかりませんね。小説の中では、名前がついていますが、それが、本名だったのかどうかは、わかりませんからね」

「『パピルス』の同人の方々の名前と住所を、教えていただけませんか？」

「どうするんです？」

「どうしても、『古都からのメッセージ』という作品を読みたいと思いましてね。この小説がのった去年の秋季号を、どなたかが、一冊でも持っていたらと考えて、聞いて回るつもりでいるんです」

「教えてもかまいませんが、あの作品が、何かの事件と、関係があるわけですか？」

「いや、ただ、読みたいだけです」

と、十津川は、いった。

そんな嘘を、近藤が信じたとは思えないが、それでも、ほかの同人の名前と住所を教えてくれた。

7

十津川は、田園調布の駅に向かって歩きながら、

「これで、どうやら、おぼろげながらだが、殺人の動機が、わかってきたね」

と、亀井にいった。

「そうですね。柳沼は、二、三年前、京都直指庵の『想い出草』に記された若い娘たちの赤裸々な告白に感動し、彼女たちの四人に会い、それをもとにして、『古都からのメッセージ』という詩劇を作った。彼は、自信満々で、それを小説にして、自分たちの同人誌『パピルス』にも発表し、上演の日時まで決めて、学生たちと、稽古を始めていた。ところが、久しぶりに京都を訪ね、直指庵のノートを見て、愕然とした。モデルになった四人の一人が、罪の意識に悩み続けているどころか、男と二人で京都にやって来て、同じノートに、恋愛万歳みたいな言葉を書きつけていたからです。柳沼には、それが、自分に対する裏切りに思えた。それだけじゃありません。マスコミが知れば、自分の人間観察の甘さが、笑いものになるかもしれない。そう思うと、彼女と、彼女と一緒にいる男に、激しい憎しみを感じたんじゃないかと思うんですが」

「私も、同意見だね。モデルの四人は、柳沼の思考の中では、簡単に幸福になってはいけな

い人間だったんだよ。さっき、近藤書店の主人が、こういったじゃないか。私が、救いのないストーリーですね、といったのに対して、彼女たちが、簡単に救われたら、それこそ、現実離れしたお伽話だと。柳沼には、いっそう、そうした気持ちが、強かったと思うね。ところが、当の四人の娘は、直指庵のノートには、赤裸々な告白を書きつけ、柳沼にも、同じように話したが、一年、二年もたつと、あっけらかんとして、恋愛や、青春を楽しみ、同じノートに、今度は、喜びにあふれる言葉を書きつけた。柳沼や、近藤書店の主人が、簡単に救われたのでは、現実離れしていると思ったが、そうじゃなかったんだな。むしろ、簡単に救われてしまうほうが、現実だったんだよ。柳沼には、それが、我慢ならなかったんだろう」

「われわれは、直指庵のノートに、同じように書きつけたアベックの中で、殺されたり、殺されなかったりするのは、なぜかと思っていたんですが、殺された四組のアベックは、女性のほうが、前に、ひとりで直指庵に来て、ノートに書きつけていたわけですね」

「そうだ。しかも、彼女たちは、東京で、柳沼に会ったことがあったんだよ」

「だから、どのアベックも、簡単に犯人をホテルの自室に入れていたんですね」

「女のほうは、てっきり、柳沼が、自分たちを祝福しに来てくれたと思ったんじゃないかね。男のほうも、大学の先生なら、まさか、自分たちを殺しに来たとは思うまい。疎水や、ベランダの外に簡単に突き落とされたのは、そのためだと思うね。全く無警戒だったんだろう」

「生方いさおも、柳沼と同じような怒りを、ノートの娘たちに持っていたんでしょうか？」

「怒りというより、彼のほうは、当惑といった類いのものじゃないかな。それだけ、流行歌を作っていた生方のほうが、現実の若い娘のことを知っていたといえるかもしれないね。ただ、同じ目にあっていたので、すぐ、柳沼の動機に気がついたんだと思う。警察も気づかない犯人の動機がわかったということで、生方いさおは、得意になった。それを、柳沼に知らせたくなって電話したんじゃないかな。まさか、自分が殺されるとは思ってもいなかったんだろうね」

二人は、田園調布から電車に乗った。

柳沼と、近藤を除く、あと五人の同人の家を、十津川たちは、次々に訪ねて行った。

柳沼を追いつめる証拠の一つとして、どうしても、『古都からのメッセージ』という作品が欲しかったのだ。

一冊でもあれば、と十津川は思ったのだが、どの同人のところにも、柳沼が先回りして、焼き捨ててしまっていた。

「泣き出さんばかりの顔で頼まれたもんですからねえ」

と、目黒のマンションに住む同人の一人がいった。

「何冊お持ちだったんですか？」

「二冊ですよ。柳沼は、最後まで、理由をいいませんでしたが、警察と関係があったんですか？」

「いや、まだ、何ともいえません」

と、十津川は、肩をすくめた。

夜になっても、一冊の雑誌も手に入らず、十津川と亀井は、むなしく、警視庁に帰った。

「残るのは、直指庵のノートだね。殺されたアベックの女性のほうが、前に、ひとりで直指庵へ行き、ノートに何か書いているんだ。それを見つけ出せばいい」

と、十津川がいった。

「今から、直指庵の住職に連絡しておきましょう。明日にでも、私が、もう一度、京都へ行って、その書き込みを見つけ出してきますよ。筆跡でもわかると思いますね」

と、亀井はいい、受話器を取った。

京都の直指庵のダイヤルを回した。

「先日うかがった東京警視庁の亀井です」

「ああ、よく覚えています」

と、住職がいった。

「例の『想い出草』のことですが」

「そのことで、困ったことが起きましてねえ」

と、住職がいった。

亀井は、不吉なものを感じながら、

「二年ほど前のノートなんですが、破り捨てられているページがあるのが見つかったんですよ。それも、何冊かがです」

「どんなことですか？」

8

（柳沼だ！）

と、亀井は、とっさに思った。

柳沼が、突然、京都へ出かけたのは、そのためだったのだ。

柳沼は、自分の身辺が、警察によって調べられ始めたのを知って、証拠の隠滅《いんめつ》を考えたに違いない。

四組のカップルが、心中に見せかけて殺されていき、柳沼は、京都にいたから、アリバイよりも、動機を隠そうと考えたのだと思う。

自分と、彼らとを結びつけるものは、直指庵の「想い出草」である。それだけだと、柳沼は考えたに違いない。

しかし、「想い出草」というノートを、全部、焼き捨ててしまうことは出来ない。そこで、四人が、書きつけたページだけを、破り捨てることを考え、急遽、京都へ出かけたのだろう。

最初、ホテルのフロントに、一週間滞在する予定といったのは、疑われないように、ゆっくりと、四枚のページを破り捨てるつもりだったのだろうし、東京を離れていたほうが、警察に追いかけられないですむと思ったのかもしれない。

ところが、同人雑誌の「パピルス」のことを思い出したのだ。大部分は、回収したが、ほかの同人の手元に、何冊か残っている。警察が、要求すれば、友人たちは、それを提出するかもしれない。

あの作品を読んだら、警察が、動機に気づくのではないか。柳沼は、そう考えると、居ても、立ってもいられなくなって、直指庵のノートの問題のページを、手早く破り捨てたあと、急いで、また、東京に戻ったのだ。

そして、六人の同人の間を走り回って、懇願し、あるいは、脅すようにして、残っていた「パピルス」の秋季号を、焼き捨てた。いや、焼き捨てさせたのだ。

十津川は、この想像が、当たっていると思っている。

なぜなら、四組のカップルを心中に見せかけて殺したのは、柳沼であり、そうである限り、その動機が、直指庵のノートにあることは、明らかであるからだ。

それは、十津川の確信でもあり、警察全体の確信でもある。

だが、証拠がなかった。

一年か二年か、あるいは三年前かに、四人の東京の娘が、直指庵のノートに、赤裸々な告白を書いた。柳沼は、それに感動して、何年も直指庵に通いつめ、一つの詩劇を書き上げた。小説の形にして、同人雑誌にも発表した。友人たちは、それを賞め、何かの賞の対象になるだろうと噂した。

また、柳沼は、詩劇の上演も計画していて、学生と稽古をし、上演する場所の手当てまでしていた。

その四人が、今度は、前に罪を告白したことなど忘れてしまったかのように、男と、愛を謳歌する言葉を、同じ「想い出草」に書きつけていた。

最初の成功が大きければ大きいほど、柳沼にとっては、自分に対する裏切りと映り、自分が、馬鹿にされたと感じたのだろう。

同じ女性が、間を置いて、二つの言葉を、直指庵のノートに書いていることがわかれば、また、その女性が、柳沼の詩劇のモデルになっているのがわかれば、彼の殺人の動機が証明できる。

だが、直指庵のノートが、引きちぎられ、柳沼の作品を掲載した同人雑誌「パピルス」が、一冊もなくなってしまったのでは、それが出来ない。

「仕方がない。生方いさお殺しのほうで、柳沼を、逮捕出来るかどうか、調べてみようじゃないか」

と、十津川は、亀井にいった。

「四組のカップルの殺人のほうは、諦めるんですか？」

「いや、そうじゃない。直指庵のノートが、どう殺人に関係しているかの想像はついた。心中に見せかけて殺された四組のカップルの女のほうが、前に、直指庵のノートに、何と書いたのか、それがわかればいいんだ」

「しかし、柳沼は、ノートを破り捨て、同人雑誌も、焼き捨ててしまっています」

「だが、どこかに、まだ、残っているかもしれない。たとえば、『想い出草』の方だが、直指庵の住職が、本にして出版したという話を聞いたことがある。それが手に入れば、柳沼に突きつけてやれる。それまでの間、生方いさお殺しの方を、洗ってみようといってるんだ」

9

十津川と、亀井が、警視庁に戻ると、西本刑事が、先に帰っていた。

西本は、柳沼を尾行していたのだが、彼の話によると、やはり、「パピルス」の同人のところを、一人一人、訪ねて回っていたことがわかった。

柳沼が、友人のところへ行き、残っている「パピルス」を焼き捨てていったあとを、十津川たちは、追いかけていたことになる。

十津川は、彼の推理を、西本に話して聞かせた。

若い西本は、肯きながら聞いていたが、

「ちょっと、警部の推理に、疑問があるんですが」

と、遠慮がちに、口をはさんだ。

「かまわん。いってみたまえ」

「京都の疎水で死んだ私の友人のことですが」

「第一の被害者である片平正だね」

「そうです。警部の推理では、片平は、巻き添えで殺されたようなものですから、問題はないんですが、私が気になるのは、彼の恋人だった中田君子のことです」

「同じ会社に勤めていたOLだったね？」

「そうです」

「どこが、疑問なのかね？」

「警部の推理どおりとしますと、中田君子は、前に、ひとりで京都の直指庵を訪ねたとき、柳沼を感動させるような、彼の創作力を刺戟するような告白を、ノートに書きつけていたことになります」

「そうだね」

「男と別れたというような言葉だったら、いまどき珍しくありませんから、柳沼の創作力を刺戟はしなかったと思うんです。となると、よほど、深刻な告白だったということになります」

「私も、そう思うね。柳沼の『古都からのメッセージ』という作品には、四人の女性が出てくるというが、その二人については、どんな告白をしたかはわかっている。一人は、十七歳のときに、四カ月の子供を堕ろして、あなたを殺したママを許してくださいと、ノートに書きつけている。もう一人は、大学時代、夏の海で知り合った青年と愛し合うが、彼が、事故で死に、彼女も、自殺を図ったが、死に切れなかった。あとの二人は、わからない」

「しかし、あとの二人も、同じように、深刻な悩みを告白したんだと思うんです。だからこそ、柳沼は、自分の作品のモデルにしたんでしょう」

「そう思うね」

「私は、片平に、中田君子を紹介されたことがあります。彼女と喋ったこともあります。明るい女性で、そんな暗い過去を持っているようには、とうてい思えなかったんです」

「しかし、君は、中田君子の全てを知っていたわけじゃないだろう？」

「それは、そうですが――」

西本は、いい澱《よど》んだが、まだ、納得できない顔だった。

「君の疑問は、あとで、検討してみることにして、今は、何とかして、柳沼を追いつめたいんだ。だから、四組のカップルの件は、ひとまず置いて、生方いさお殺害のほうを追ってみたいのだよ」

と、十津川は、いった。

「生方いさおの件というと、やはり、柳沼のアリバイが、問題ですね」

亀井が、いった。

十津川は、事件当日（八月二十八日）の柳沼の行動を、黒板に書きつけた。

◎八月二十八日（金）
午後八時　柳沼が、京都の鴨川ホテルにチェック・イン。
二十九日の午前零時から午前二時までの間に、生方いさおが、原宿のマンションで殺害される。

◎八月二十九日（土）
午前八時　柳沼は、鴨川ホテルで朝食をとる。

これが、わかっている柳沼の行動表である。

午後八時に、京都のホテルにいた柳沼が、東京で、午前零時から午前二時の間に、生方いさおを殺すのは、簡単である。

午後八時五十三分京都発の「ひかり」に乗れば、十一時四十六分には、東京に着けるからである。

問題は、京都へ帰る方法だった。

この時間では、飛行機は、もちろん、飛んでいないし、東京から、京都方面へ行く列車もない。新幹線も、もちろんだが、夜行列車も、もうないのだ。

新幹線の東京始発は、午前六時〇〇分である。

翌二十九日のこの「ひかり」に乗ると、京都着は、八時五十三分で間に合わない。

東京と京都間の飛行機はないから、大阪行の第一便に、二十九日に乗るより仕方がないが、羽田午前七時〇〇分の便に乗って、大阪空港に着くのは、八時〇〇分である。大阪空港から京都市内まで、車を飛ばしても、三十分から四十分はかかるから、間に合わない。

「やはり、前に、私がいったように、東京で生方いさおを殺したあと、車を飛ばして、京都に戻ったに違いありません」

と、亀井がいった。

「八月二十九日の午前零時丁度に殺したとして、京都まで、八時間で着かなければならないよ」

十津川は、全国道路地図を広げた。

「東名、名神を飛ばせば、八時間かかりません。六時間あれば着きますよ」

と、亀井が、いった。

「この日に、柳沼を乗せた車を見つけ出さなければならないね」

柳沼は、免許証は持っているが、車は、持っていない。いわゆるペーパードライバーである。

10

とすれば、タクシーを拾って、京都まで飛ばしたのだろう。

十津川たちは、東京のタクシー会社に、片っ端から当たってみた。

東京から京都までといえば、かなりの長距離である。運転手が、覚えているに違いないと、期待したのだが、八月二十九日の午前零時頃、京都まで乗せたタクシーはないかと、柳沼の顔写真を見せて、タクシー会社を回ったのだが、いっこうに、京都まで乗せたという運転手は、見つからなかった。

次に、個人タクシーにも当たってみた。が、これも、空振りだった。

東京以外に営業所のあるタクシーに乗った可能性もあるということから、東京近県のタクシーも調べてみたが、空振りであることは同じだった。

残るのは、柳沼に共犯がいて、その運転で、京都まで戻ったか、あるいは、深夜の定期便トラックに便乗したかのいずれかである。

第一の共犯者の線は、ないだろうと、十津川は、思った。

もし、それほど信頼できる共犯者がいるのなら、これまでの捜査の段階で、当然、浮かんで来ているはずだと思うからである。

最後は、深夜の定期便だった。

大型トラックが、深夜の高速道路を、時速百キロぐらいで飛ばしていることは、十津川も知っている。

これに便乗すれば、朝八時までに、京都に着くのは、難しくはない。

東京から、京都、大阪方面に、深夜便を出している運送会社を、片っ端から、洗っていった。

生方いさおの死亡推定時刻が、二十九日の午前零時から二時の間だから零時前に、東京を出発した便は、のぞくことにした。

調べて行って、十津川が注目したのは、代々木にある武田《たけだ》運送という会社だった。

十二台の大型トラックを持ち、名古屋、京都、大阪方面への深夜の定期便を走らせている。

そのいくつかの便の中で、夜の零時三十分に代々木の本社を出発する便がある。

生方いさおの殺されたマンションは、原宿の駅前にある。

時刻表で見ると、山手線で、零時一六分原宿↓零時一九分代々木とあった。これに乗れば、零時三十分に出る武田運送の深夜便に、十分に間に合うのである。

八月二十九日に、このトラックを運転したという二人の運転手に会った。

大阪まで交代で、運転していくのだという。

「あの日は、誰も便乗させませんでしたよ」

と、運転手の片方が、十津川にいった。

「しかし、荷台のほうにもぐり込んだら、わからないんじゃないかな？」

「そんなことをするやつがいればね。でも、名古屋で見つけますよ。荷を降ろすんだから」

「名古屋、京都には、何時頃、着くようになっているのかね？」

「東京を零時三十分に出て、名古屋が五時、京都が七時三十分、大阪着は八時丁度です」

と、運転手がいった。

京都に、七時三十分に着けば、八時に、鴨川ホテルに入ることが出来る。

「それで、八月二十九日も、この時間表どおりに走ったわけだね？」

十津川が、眼を光らせてきくと、二人の運転手は、顔を見合わせてから、

「それが、あの日は、東名で事故がありましてね」

「事故があった？　どこでだね？」

「岡崎の少し先です。おれたちの少し前に、下り車線で、三重衝突があったんですよ」

「岡崎の先だって」

十津川は、持って来た地図を広げてみた。

岡崎というと、豊橋と名古屋の中間である。

「それで、どうしたんだね？」

「みんな、岡崎インターチェンジから、一般国道へ出て行くんで、おれたちも、そうしましたよ」

「何時頃だね？」

「午前五時頃じゃなかったかな。岡崎近くが、のろのろ運転でね」

「それから？」

「国道を、名古屋、京都、大阪と走ったんだが、大幅に遅れちまいましてね。名古屋が七時、京都が十時、大阪が十二時になっちまった」

「京都が十時？」

これでは、全く、間に合わないのだ。

「それで、精一杯でしたよ。高速を飛ばせないんだから」

「名古屋で、最初の荷物を降ろしたんだね？」

「ええ」

「そのとき、荷台に、男が隠れていなかったかね？」

「そんな者は、いませんでしたよ。いたら、ぶん殴ってやりましたがね」

と、三十二、三歳の陽焼けした運転手が、威勢のいいことをいった。もう一人の二十五、六のほうは、ニヤニヤ笑っている。

「名古屋に着くまでに、何回か、停まったんだろう？」

「荷物は、降ろしませんよ」

「いや、信号でだ」

「東名は、信号がないから、停まりませんでしたが、岡崎で、東名を出てからは、何回か信号で、停められましたがね」

「一般国道は、混んでいるといったね？」

「東名が使えなくなったんで、車が、全部、一般国道へ出て来ちまいましたからね」

「それで、名古屋が七時、京都十時というわけか？」

「そうですよ。参りましたよ、あの日は。大阪まで、十二時間近く、車に揺られてたんだから」

と、二人の運転手は、いった。

新聞を見ると、なるほど、八月二十九日の東名高速の事故のことが出ていた。
○二十九日の午前四時頃、東名高速の下り、岡崎―岩津間で、三重衝突があり、そのため、下り線が、約三時間にわたって、不通になった。
「どう思うね？」

と、十津川は、亀井と、西本の顔を見た。

「参りましたね」

と、亀井が、いった。

武田運送のほかにも、東京から、深夜の定期便トラックを出している会社はあったが、いずれも、東京出発が、午前零時前だった。これでは、原宿で、生方いさおを殺した柳沼が、乗ることが出来ない。

「ちょっと、これを見てください」

と、突然、西本が、時刻表を手にして、十津川にいった。

「新幹線の東京始発は、午前六時で、これでは、京都に、八時五十三分にしか着きませんが、名古屋からは、もっと早く大阪方面へ、列車が出ているんです。見てください。名古屋六時四十二分発の広島行『こだま』なら、京都着は七時四十一分ですし、次の五十八分名古屋発の『ひかり』でも、京都には、七時五十三分に着いて、何とか、間に合うんです」

「しかし、西本刑事、武田運送のトラックが、名古屋に着いたのは、七時だったんだ。しかも、トラックを降りて、名古屋駅に入り、切符を買って、新幹線に乗るまでに、十二、三分はかかってしまうよ」

と、十津川がいった。

「それに――」

と、亀井が、続けた。

「名古屋で荷を降ろしたとき、トラックの荷台には、誰も、乗っていなかったと、いっているじゃないか」

第八章　栄光と挫折

1

これで、柳沼に、アリバイが成立してしまったのだろうか？

もし、生方いさおを殺すことが出来なかったとすると、ほかの四つの殺人事件についても、シロの可能性が出て来てしまう。

逆に、生方いさお殺しについて、彼を犯人と断定することが出来れば、これを突破口にして、ほかの四つの事件で、彼を、自供に追い込むことも可能だ。

「柳沼は、犯人だよ」

と、十津川は、断定した。

「そうでなければ、おかしいんだ。柳沼以外に、生方いさおを殺す人間はいない。だから、彼は、東京で、生方いさおを殺したあと、午前八時までに、京都の鴨川ホテルに帰ることが出来たはずなんだよ」

「しかし、深夜の足は、あの定期便トラックしかありませんし、あのトラックに便乗していたら、岡崎近くの事故で、東名高速が使えず、八時に京都に着くことは、出来なかったことになってしまうのですが」

と、亀井が、いった。

その定期便トラックは、次のような時刻に、岡崎や、名古屋を通過している。

午前五時　事故発生のため、東名高速を、岡崎インターで、国道に出る。
午前七時　名古屋
午前十時　京都
正午　大阪

だから、この定期便に便乗して、京都まで行ったのでは、絶対に、間に合わない。

従って、柳沼が、このトラックに便乗したとしても、京都まで、乗っていなかったことになる。

「名古屋で、荷降ろしをしたとき、荷台に、誰も乗っていなかったと、運転手と、助手がいっていますから、名古屋までの間に、降りたんだと思います」

と、西本が、机の上に広げた地図を見ながらいった。

「東名を走っている間に、飛び降りることは、まず不可能だから、トラックから、降りたとすれば、岡崎インターを出て、名古屋に着くまでの間だな。何回か、信号で停まったといっているから、そのときに、飛び降りたんだろう」

十津川も、地図に目をやって、いった。

「しかし、警部。事故で渋滞している国道に飛び降りて、どうする気だったんでしょう？タクシーを拾ったとしても、道路が混んでいたわけですから、とうてい、京都に、午前八時までに着くのは、無理でしょう」

「名古屋まで行けば、新幹線があったな」

十津川は、時刻表を見た。

「そうです」

と、西本が、いった。

「東京午前六時の始発でも、京都に着くのは、八時五十三分ですから、これに、名古屋で乗っても、とうてい、間に合いません。ただし、名古屋発、広島行の『こだま』が、六時四十二分に出ていて、これに乗れば、京都着七時四十一分で、十分に間に合います。次の六時五十八分名古屋発の『ひかり』でも、京都着が、七時五十三分で、何とか間に合いますね」

「つまり、六時五十八分までに、何とか名古屋に着けば、間に合うということだな」

「しかし、柳沼は、どうやって、間に合わすことが出来たんでしょうか？　岡崎で、トラックから飛び降りて、タクシーを拾ったとしても、はたして、名古屋に、六時五十八分に着けるかどうかわかりません。定期便のトラックが、道路の渋滞で、岡崎から名古屋まで、二時間もかかっているわけですからね。こんな、一か八かの方法を、柳沼がとったとは、思えません」

亀井がいうと、十津川は、肯いて、

「その点は、カメさんに同感だね。大学講師の柳沼は、もっと、確実な方法を実行したと思うね」

「もっと、確実な方法といいますと？」

「国道の渋滞とは、無関係に動いている交通機関といえば、鉄道と、飛行機しかない。午前五時頃に、飛行機は飛んでいないから、残るは、鉄道だ」

「しかし、午前五時頃という早い時間に走っている電車があるでしょうか？　しかも、岡崎から、名古屋まで」

「調べてみよう。もし、あれば、柳沼のアリバイは、崩れるんだ」

十津川は、手にした時刻表のページを繰りながら、目を通していった。

そんな都合のいい電車があるのだろうか？

「カメさん」

と、急に、目を上げて、十津川が、呼んだ。

「何ですか？　警部」

「もう一度、武田運送へ行って、例の定期便のことを聞いてくれないか。東名を、岡崎インターから出て、名古屋に着くまで、どのあたりで、いちばん、時間を食ったかだ。岡崎の近くでか、それとも、名古屋に近づいてからか。くわしい場所を知りたいんだ」

「わかりました」

亀井は、すぐ、西本刑事を連れて、飛び出して行った。

一時間ほどして、二人は、岡崎から名古屋までの道路に、くわしく、数字を書き込んだ地図を持って、帰って来た。

「あのトラックの運転手と助手に、地図を描いてもらいました」

と、亀井がいった。

「この数字は、時刻だね？」

「そうです。当然のことながら、名古屋に近づくにつれて、遅れがひどくなっています。それだけ、渋滞が激しくなったということでしょう。特に、名古屋市内に入るところが、大変な渋滞だったようです」

「そうだろうね。東名の事故で、高速から出された車が、名古屋に入ろうとして、集まって来るんだからね」

「何かの役に立ちましたか？」

「大いに役立ったよ。特に、岡崎から安城、刈谷、大府と、名古屋に向かう道筋に、所要時間が書き込んであるのが嬉しいね。大府に着いたのが、六時ジャストか」

「普通なら、岡崎から大府まで、三十分か四十分あれば着くんだそうですが、あの日は、一時間もかかったと、ぼやいていました」

「しかし、一時間かかっても、六時に、大府に着いてくれたことは、柳沼のアリバイ崩しに役立ったよ」

と、十津川は、ほっとした顔でいった。

2

「柳沼は、生方いさおを殺したあと、武田運送の深夜便の荷台にもぐり込んだ。これなら、ゆっくり、八時までに京都に戻れると計算したんだろう。だが、予期しない事故があって、トラックは、東名高速から出なければならなくなった。柳沼は、不安になって来たと思う。アリバイ作りは、大切だから、さまざまな方法を考えたろうが、前にもいったように、岡崎で、東名を出たあと、飛び降りて、タクシーを拾うわけにもいかない。道路が渋滞していれば、タクシーに乗り換えたところで、早く行けるという保証はないからだよ。多分、柳沼は、時刻表を持参していたろうから、われわれと同じように、名古屋へ、六時台に着けば、あとは、何とか、新幹線に乗って、京都に八時までに着けると考えていたと思う。しかし、名古屋に近づくにつれて、だんだん、遅れが大きくなって来た。このまま、乗っていたのでは、間に合わなくなる。それで、途中で、トラックから、降りたんだと思うね」

「どこで降りたんでしょうか？」

「大府だよ」

と、十津川は、地図の上の、その地名を指さした。

「なぜ、大府だとわかりますか？」

西本がきいた。

「それは、時刻表との関係だ。岡崎から、名古屋へ行くわけだが、新幹線は、まだ、この時間は動いていない。動いているのは、東海道本線だが、岡崎を通る下り電車は、豊橋六時二分発の美濃赤坂行が、いちばん早いわけだが、これは、岡崎発が六時三十六分で、ゆっくり乗れはするが、名古屋着が、七時十九分になってしまう。ただ、名古屋へは、武豊《たけとよ》線が走っていて、これは、知多半島の武豊から、大府を通って、名古屋へ行く。大府から、東海道本線に入るわけだよ。この武豊線の始発が武豊五時三十七分で、大府には六時十一分、そして、終着名古屋には、六時三十九分に着くんだ」

「なるほど、それに乗れば、名古屋で、六時五十八分発の『ひかり』にも、その前の六時四十二分発の『こだま』にも、間に合うわけですね」

「そうだ。西本君が調べてくれたように、この二つの列車のどちらに乗っても、八時前に京都に着ける。ところで、君たちが調べてくれたところでは、問題のトラックは、六時ジャストに、大府を通過している。だから、ここで、信号で停まったときに、飛び降りれば、大府を六時十一分に出る武豊線の電車に乗れて、名古屋には、六時三十九分に着ける。柳沼は、トラックの荷台で、腕時計を見ながら、それを計算し、大府で、車から飛び降りたんだと思うね」

「これで、柳沼のアリバイが崩れましたね」

と、亀井がいった。

「そうだ。柳沼は、東京で、生方いさおを殺したあと、その日の午前八時までに、京都へ行けたんだよ」

十津川は、語気を強めていった。

「当然、柳沼は、否認するでしょうね」

と、亀井が、いった。

京都に行っていて、東京に戻ったことはないと主張している柳沼は、あくまでも、その主張を崩さないだろう。

十津川の推理によって、柳沼に犯行が可能なことがわかったが、だからといって、彼が、犯人だということにはならない。

十津川の推理どおりに、柳沼が、動いたことを証明する必要がある。

「目撃者探しが必要だな」

と、十津川が、いった。

「八月二十八日の午後八時に、柳沼は、京都の鴨川ホテルにチェックインしたあと、ひそかに、新幹線で、東京に引き返し、夜半に、原宿のマンションで、生方いさおを殺した。これが事実なら、原宿のマンションの周辺で、誰か、柳沼を目撃しているかもしれない」

「すぐ、聞き込みをやってみましょう」

と、亀井がいった。

「次は、殺したあとの柳沼の行動だ。武田運送の深夜の定期便トラックに隠れて、乗り込んだ。そのまま、京都まで行くつもりだったと思うが、思わぬ東名の事故のため、途中で降りなければならなくなった。降りたのは、大府だと思っている」

「誰かが、トラックの荷台から飛び降りる柳沼を、見ているかもしれませんね」

「もし、大府で、目撃者が見つかれば、われわれの推理が正しいことになりますね」

西本が、気負い込んでいった。

「そのとおりだ。また、大府駅から、始発の電車に乗ったとすると、駅員が、柳沼の顔を覚えているかもしれない。これは、愛知県警に捜査を頼もう」

十津川は、受話器を取って、愛知県警に連絡を取った。

東京での聞き込みと合わせて、愛知県警の捜査も、時間がかかる。

その間に、若いカップル四組の殺人について、もう一度、考えてみることにした。

3

問題はいくつかあるが、その一つは、動機である。

最初は、柳沼が犯人として、八人もの男女を、心中に見せかけて殺した動機が、全くわからなかった。

それが、少しずつ、直指庵を調べ、柳沼の作った詩劇の出演者などに話を聞くにつれて、次第に想像がついてきた。

だが、それが当たっているという証拠は、まだなかった。

当然、柳沼は、否定するだろうから、何か、動機を証明するものが必要なのだ。

柳沼が作った「古都からのメッセージ」という作品が欲しかった。

彼が、「パピルス」という同人雑誌にのせたその作品があれば、彼の動機が証明できるかもしれない。

柳沼のほうでも、その危険を感じたからこそ、直指庵へ行って、ノートを破り捨て、仲間の間を回って、「パピルス」を処分してしまったのだろう。

「一冊でも、その作品ののった『パピルス』があればな」

と、十津川は、残念そうに、呟いた。

市販されている商業誌ならば、何万冊と出ているから、どこかで手に入れることが出来るだろうが、同人雑誌の「パピルス」は、仲間うちだけで、百冊単位で、出したものである。柳沼が、仲間の間を駈けずり回って、処分してしまったとなると、入手は、もう、不可能と見なければならないだろう。

同人になっている柳沼の友人たちは、「古都からのメッセージ」の内容については、知っていたが、細かい点までは、覚えていなかった。柳沼を、追いつめるためには、細かい点まで、はっきりさせなければならないのである。

彼を、殺人罪で起訴すれば、なおさら、実物の「パピルス」が、必要になってくるだろう。あいまいな推測は、法廷では、何の役にも立たないからである。

「印刷所にあるんじゃありませんかね」

と、亀井が、考えながらいった。

「印刷所？」

「その『パピルス』という同人誌も、どこかで印刷、製本されているわけでしょう？」

「ああ、そうだ。神田のK印刷という小さな印刷所で、毎回、印刷、製本していると、柳沼の友人がいってたね」

「それなら、そこに、ゲラ刷りがおいてあるかもしれませんよ。校正するときの試し刷りです。あるいは、原稿があるかもしれません。印刷してしまうと、自分の原稿を、持ち帰る人は、少ないでしょうから」

「よし、行ってみよう」

と、十津川は、いった。

国鉄神田駅から、歩いて十二、三分のところにあるK印刷は、従業員八人の小さな町工場である。

二人が行ったときも、二階の応接室に、大学生三人が、自分たちの作った同人誌の校正に来ていた。

十津川たちは、K印刷の社長に会った。社長といっても、三十代の若い男で、ジャンパー姿で、仕事をしていた。

「確かに、うちで、あの同人雑誌の印刷と、製本を、毎回やらせてもらっています」

と、若い社長は、手の甲で、額の汗を拭きながらいった。

「昨年の秋季号のことですがね」

と、十津川がいうと、相手は、ああと、肯いて、

「柳沼さんの『古都からのメッセージ』という作品がのったやつでしょう」

「お読みになったんですか？」

「ええ。私も、文学青年だったときがありましてね」

と、青年社長は、苦笑してから、

「あの作品は、素敵でしたね。今まで『パピルス』にのった作品の中では、いちばんいいものですよ。だから、よく覚えているんです」

「さっき、応接室の棚を見たら、いろいろな雑誌や、年鑑の類いが、並んでいましたが」

「ええ。うちで印刷したものは、全部、一冊ずつ、いただいて、あの書棚に並べておくんです」

「しかし、『古都からのメッセージ』ののった『パピルス』は、ありませんね。社員の方が借りていかれたかしたんですか？」

と、十津川は、きいた。もし、そうなら、探し求めていた「パピルス」にめぐり合えると思ったのだが、相手は、首を横に振って、

「そうじゃありません。実は、何日か前ですかね。柳沼さんが、突然、おみえになりまして、あの『パピルス』が、手元に一冊もなくなって、どうしても欲しいといわれて、差し上げてしまったんです」

「彼が、ここに来たんですか」

十津川は、自然に、溜息をつき、同行した亀井と、顔を見合わせてしまった。

「いけませんでしたか？　相手が、柳沼さんだったので、差し上げてしまったんですが」

「いや、当然でしょうな」

　と、亀井は、いってから、

「初校のゲラや、生原稿なんかは、どうなっているんですか？　それでも、とってあったら、見せていただきたいんですが」

　と、いうと、青年社長は、また、当惑した顔で、

「実は、それも、とってあったんですが、柳沼さんがみえたときに――」

「持って行ってしまったんですか？」

「ええ。どうしても、欲しいといわれたもんですからね。それに、柳沼さんの原稿ですし、初校のゲラも、柳沼さんのものだけを、持って行かれたんで、こちらとしても、駄目だとはいえませんから」

　と、相手は、いった。

　十津川と、亀井は、失望を深くして、K印刷を出た。

「なかなか、相手も、やるじゃないか」

　と、十津川は、苦笑しながら、亀井にいった。

「そうですね。大学の先生だけに、やることが、徹底しています。多分、一冊残らず、同人雑誌は、処分してしまったんじゃありませんか」

「そうだな。ここまで手を回したとなると、ほかには、もう一冊も、残っていないと見たほうがいいかもしれないな」

と、十津川は、いった。

ほかに、同人雑誌が、あるようなところは、十津川にも、見当がつかなかった。第一、本人の柳沼が、いちばんよく知っているだろうし、そこには、彼が手を回して、全部処分してしまったに違いない。

「これだけ、柳沼が、必死になって、雑誌を回収して、処分したところを見ると、警察に読まれたら、自分が危うくなると、知っているんでしょうね」

亀井が、歩きながら、いった。

「雑誌にのった作品が、そのまま、彼の有罪を証明しているとは思われないが、二つの理由で、彼は、回収しているんだと思うね」

「二つといいますと？」

「一つは、前からいっているとおり、作品を読むと、殺人の動機がわかってしまうということがあると思う」

「もう一つは、何ですか？」

「カメさんは、わからないかね？」

「ちょっと、見当がつきませんが——？」

「自尊心だよ」

「と、いいますと？」

「柳沼は、大学講師であると同時に、作家でもある。作家というのは、神経が細かくて、自尊心が強いものだよ。柳沼は、直指庵に行き、そこのノートに書かれている少女たちの告白に感動し、『古都からのメッセージ』という作品を書いた。多分、その中で、傷ついた心の少女は、その傷を抱きながら、生き続けていくといったことになっているのだろうと思う。作家というものは、というより、男というものはといったほうがいいかな。ロマンチックに、考えたがるものだからね。ところが、現実の少女は、全く傷ついていなくて、あっけらかんと、男を見つけて、結婚してしまった。あるいは、ほかの男と仲よくやっていた。柳沼の繊細な神経は、傷つけられた。それだけではない。自信を持って創作した作品まで、傷ついたような気がしたんじゃないかな。いや、作品は、彼の才能の証明ではなくなってしまい、彼の馬鹿さかげんの証明のように見えてきたんじゃないかな。その作品が、活字になって残っている限り、自尊心が傷つき続ける。だから、一冊残らず、処分してしまったんじゃないかな」

「なるほど」

「だが、一冊だけは、残っているような気がするんだよ」

「どこにですか？」

「柳沼本人が、一冊、持っていると思うね。あの作品は、彼にとって、自分が、人間を見る眼がなかったことの証明であると同時に、自分の才能の豊かさを示すものであるわけだ。だから、一冊だけは、とってあると思うんだよ」

「なるほど。その可能性はありますね。彼の家を、家探ししてみますか？」

「いや、今の段階では、家宅捜索の令状がもらえないだろう。今までのところ、柳沼が、ついているだけさ。そのうち、彼のつきが去って、こちらにつきが、回ってくるさ」

と、十津川は、いった。

別に、希望的な気持ちをいったわけではなかった。

今までの刑事生活の中で得た経験で、いったのである。

事件には、波がある。うまくいきかけると、壁にぶつかって、もう、迷宮入りかなと思っていると、ふいに、解決への手がかりをつかんだりするのだ。

手に入れたい「パピルス」を、柳沼は、十津川たちに先回りして、処分してしまった。明らかに、警察は、後手《ごて》を引き、このままでは、柳沼が犯人と思いながらも、逮捕は出来ないだろう。

ここまでは、柳沼が、ついているのだ。しかし、そのつきも、いつまでも続くとは思われない。

しかし、聞き込みのほうは、なかなか、十津川の期待するような収穫がなかった。

八月二十八日の深夜、というより、二十九日の午前零時頃、原宿の生方いさおのマンション近くで、柳沼を見たという目撃者は、とうとう、見つからなかった。

時間が時間だけに、仕方がないかもしれない。

愛知県警に依頼した調査では、一つだけ、収穫があった。

東海道本線大府駅の駅員が、二十九日の午前六時頃、柳沼らしき男が、改札口を通り、名古屋方面行の始発電車に乗るのを見たと、証言しているという知らせだった。

下りの最初の電車が来るときだったので、よく覚えていると、その駅員は、いっているらしい。

「そちらから送られてきた柳沼功一郎の顔写真を見せて、きいたんですが、その駅員は、間違いなく、この男だったといっていますよ」

と、愛知県警の仁村《にむら》警部が、電話で、十津川にいった。

「そのとき、その男は、どんな服装をしていたといっていますか？」

十津川は、きいてみた。

「夏の盛りなのに、きちんと、背広を着ていたといいました。それから、その背広が、埃《ほこり》で汚れていて、その男は、ホームで電車を待ちながら、気になるらしく、しきりに、手で、埃を叩いていたそうです」

「背広の色は、どうですか？」

「うすいベージュで、エルメスの赤っぽいネクタイをしていたといっています」

「エルメスのネクタイ？　よく、そんな細かいことまでわかりましたね？」

十津川は、むしろ、疑心暗鬼になって、きいてみた。あまりにも、くわしく、細かいことまで覚えている目撃者というのは、信用がおけないことが多いからである。警察に気に入られようとして、見てもいないことを喋ることが多いからである。

「私も、その点は、不審に思って、その駅員に、きき直してみました。そうしたら、彼はこういうんです。実は、二日前に、デパートで、素敵なネクタイを見た。それが、エルメスのネクタイだったというんですよ。少し高くても買おうと思ったら、二万円近くしたんで、びっくりしてしまったそうです。そのネクタイと同じものを、男がしていたので、ああ、エルメスのネクタイをしているなと思ったんだといっています」

「なるほど。それなら、信用できますね」

と、十津川は、いった。

問題は、柳沼が、うすいベージュ色の背広を着て、赤っぽいエルメスのネクタイをしているかどうかということである。

もし、彼が、そのとおりの服装をしていれば、大府の駅員の証言は、信用できることになる。

そして、柳沼が、二十九日の朝六時頃、東海道本線の大府駅にいたことになる。

「柳沼が、今どこにいるか、至急、探してくれ。そして、見つけたら、どんな服装をしているか、見るんだ」

「わかりました」

と、西本がいって、出て行った。

そのあと、十津川は、京都の鴨川ホテルに電話を入れた。

フロントが出た。

「東京警視庁の十津川ですが、八月二十八日から三十日まで、そちらに泊まった柳沼功一郎さんのことで、おききしたいのです。彼が、どんな服装をしていたか、覚えていませんか？」

十津川がいうと、フロント係は、

「いきなりいわれましても、お客さまは、多いですから」

「しかし、まだ、三日しかたっていませんよ。それに、ホテルの従業員というのは、お客の服装なんかを、よく覚えているんじゃありませんか」

「ちょっと待ってください。客室係にも聞いてきますから」

フロント係は、そういって、いったん、電話から、声が消えた。

五、六分して、電話に戻ってきた。

「ええと、今度、こちらにおみえになったときは、うすいベージュの背広を着ていらっしゃったそうです」

「ネクタイは、どうですか？」

「赤っぽい柄だったといっています。細かい柄だったそうです」

「ありがとう」

と、十津川は、いった。

彼は、受話器を置くと、下の売店へ行き、そこの本屋で、『世界の有名品』という部厚い本を買い求めた。

男物、女物の両方のブランド製品が、全て、写真入りで出ている。

ネクタイのページには、エルメスも、何本かのっていた。

細かい柄のものが多い。赤い柄のものがある。駅員が見たというのは、多分、この柄のエルメスのネクタイだろう。

十津川は、そのネクタイの柄を、色鉛筆で、丁寧に、ほかの紙に写していった。

二枚書き上げると、それを、封筒に入れた。

宛先は、愛知県警と、京都の鴨川ホテルだった。

4

柳沼功一郎の行方は、なかなか、わからなかった。

家には、依然として、帰っていなかった。

警察に追われて、逃げ回っているとは思えない。彼は、警察の先回りをして、全ての証拠を、消してしまった。少なくとも、消してしまったと思っているだろう。そうなら、遠からず、悠々と、姿を現わすのではないだろうか？

十津川は、そう思っていた。

愛知県警と、鴨川ホテルに送った二枚の写生は、すぐに、効果をあげた。

その絵を、県警の仁村警部に見せられた大府の駅員は、二十九日の朝六時に見た男は、間違いなく、このネクタイをしていたと証言した。

一方、鴨川ホテルのフロント係からは、電話で、十津川に知らせてきた。

「送っていただいた絵を、みんなに見せたところ、柳沼さまがつけていたネクタイは、これに間違いないということです」

「ありがとう」

と、十津川は、いった。

やっと、こちらに、つきが回って来たのだ。

「すぐ、柳沼功一郎の逮捕令状を取ろうじゃありませんか」

と、若い西本刑事が、いきり立って、十津川にいった。

十津川のほうは、冷静だった。

「まだ、無理だな」

「なぜですか？　これで、彼が、生方いさおを殺したことだけは、はっきりしたじゃありませんか？　逮捕して、問いつめれば、奴は、四組のカップルを、京都で、心中に見せかけて、殺したことも、自供すると思いますよ」

「今度の事件のメインは、やはり、若い四組のカップルが殺されたことだ。だから、そちらでも、柳沼が犯人であるという証拠が欲しいんだよ。少なくとも、彼の『古都からのメッセージ』がのっている『パピルス』が、一冊でもいいから、欲しいね」

「しかし、どこにも、ないわけでしょう？」

「と、思っているんだがね」

奇蹟的に、どこかで、見つかるだろうか。

そんな奇蹟は、望めそうにないなと、十津川は、思っている。

問題の「パピルス」が、どこに何冊あるかを、いちばんよく知っているのは、当人の柳沼だからである。全部、始末してしまおうと思えば、出来る立場だし、それを、やってしまった可能性が強い。

「問題は、彼の作家としてのナルシズムだと思うんだがね」

と、十津川は、いった。

「古都からのメッセージ」は、今、柳沼にとって、屈辱の証《あかし》であるとともに、危険のタネでもある。自分が、十代の少女に、いいように翻弄されたという屈辱感、それに耐えられず、殺人まで犯してしまった。その証拠でもある作品なのだ。警察に読まれたら、動機がわかってしまうから、危険である。

しかし、その一方で、自分の作品の中で、もっとも、素晴らしいものだという自負もあるのではないか。

十津川には、作家の気持ちというのは、わからないが、強烈な自負心がなければ、小説は書いていけないと聞いたことがある。

柳沼は、大学講師だが、同人雑誌に、作品を発表して来ているのだから、作家と考えてもいいだろう。

特に、今度の作品は、同人の仲間から、高い評価を受けていた。作家が、強烈な自負心の持主だとすれば、柳沼は、強いジレンマに陥っていたはずである。自分を守るためには、全ての「パピルス」を、生原稿も含めて、焼却すべきだと考えているだろうが、その一方で、心血を注いで書き上げた作品は、保存しておきたいという願いもあるに違いないからである。

（もし、この推理が当たっているとして、最後の一冊を、柳沼は、どこかへしまっているだろうか？）

家庭では、妻との間が、うまくいっていないように見えるから、大事な一冊は、家にはしまっていないだろう。警察が、家の中を探すことも、当然、柳沼は、考えているに違いないからである。

「パピルス」という同人誌は、普通の雑誌と同じ大きさで、薄い。丸めて、上衣のポケットにも、簡単に入るだろう。

（丸めて、持ち歩いているのだろうか？）

「それにしても、柳沼は、どこにいるんですかね？」

と、亀井が、首をかしげた。

「友人のところにも、寄っていないのかね？」

十津川がきくと、亀井は、

「まったく、立ち寄っていません。ただ一つ、面白いことを聞きました」

「どんなことだね？」

「近藤書店というのが、田園調布にあって、そこの主人には、お会いになったんじゃありませんか？」

「ああ、近藤周一という名前だった。会っているよ。君と一緒に会ったんだ。例の『パピルス』の同人の一人だということでね」

「そうでしたね。その近藤周一に会ったとき、彼がいっているんですが、ここ三日間ほど、毎日、柳沼から、電話がかかってきているというんです」

「毎日だって？」

「そうなんです。毎日一回、必ず、電話が、かかってくるといっていました」

「どこから、かけて来ているんだろう？」

「それをいわないんだそうです。どうも、これは、事実のようです」

「電話をかけて来て、柳沼は、何をいっているんだろう？」

「自宅には帰らないが、ある場所で、小説を書いているといったことを話すそうです」

「しかし、ただ、そんなことをいうだけのために、毎日一回、電話してくるというのは、信じられないがね」

「私も、そう思いましたが、近藤周一は、このとおりなんだとしかいいませんね」

「警察の動きを気にして、電話してくるんじゃないのかね？」

「いや、それは、ないようです。警察のことは、あまり気にしていないと、近藤周一がいっていましたからね。これは、どうも、本当のようですね」

「じゃあ、何のために、毎日、電話しているのかね？」

「わかりませんが、どうやら、その理由については、近藤周一は、知っていると思われます。

それで、しつこく、きいてみたんですが、最後まで、教えてくれませんでした」

「警察の動きが気になってではないとすると、何があるかな？」

「近藤周一は、同人雑誌『パピルス』の編集責任者です。ほかの同人には、柳沼は電話をかけていませんから、それが、何か理由になっているのかもしれません」

「次の号に、必ず、自分の作品をのせてくれというのかな？　いや、そういうことなら、毎日、電話する必要はないはずだな」

「そうですね。毎日、電話しているということは、何かを待っているのかもしれませんね。その結果を知りたくてです」

「何の結果だろう？」

「わかりません」

と、亀井は、首を横に振った。

「何を待っているのか、それが、わかればな」

と、十津川は、いった。

あれこれ、考えてみたが、十津川にも、想像がつかない。

それが、翌日の新聞を見て、これだったのかと、十津川は、納得した。

5

〈第十回　小島真次郎賞に、柳沼功一郎著
「古都からのメッセージ」〉

新聞の文化欄に、その文字を見つけたのである。

柳沼の簡単な略歴も、添えてあった。大学講師で、直指庵のノートに寄せられた少女たちの素直な告白に触発されて、この作品が出来上がったとも書いてある。

小島真次郎は、十一年前に、七十歳で亡くなった日本文学の長老で、彼の功績を記念して、小島真次郎賞が、設けられた。前年の七月から、今年の六月までに発表された作品の中から選ばれて、受賞するのだが、これまでの受賞者は、全て、文名をあげており、そのことが、この賞の重みになっていた。

「ここに、最後の一冊があったんだ」

思わず、十津川が、大声をあげた。

小島真次郎の選考委員会に、最後の「パピルス」が送られていたのである。

多分、「パピルス」の編集責任者の近藤が、ひょっとして、「古都からのメッセージ」が受賞するかもしれないと思って、送っておいたのだろう。

受賞の内示は、近藤のところにくる。それで、柳沼は、毎日、近藤に電話をかけていたのだ。

「とにかく、この選考委員会へ行って、雑誌をもらって来ます」

亀井が、すぐ、西本を連れて、飛んで行った。

十津川は、今、柳沼は、どんな気持ちでいるのだろうかと考えた。小島真次郎賞のことは、すでに知っているはずだ。

この賞をもらえば、その作品が、ベストセラーになることは、約束されたようなものである。

昨年の受賞作も、単行本になって、五十万部を超すベストセラーになり、売れないグラフィックデザイナーだった作者は、一躍、有名人になった。

柳沼も、今、それを約束されたのである。

彼は、大学講師だが、さして、有名校でもないし、名も売れていない。

栄光は、誰だって、欲しいに決まっている。

また、栄光が欲しいからこそ、小島真次郎賞の選考委員会に、掲載誌を送りつけたのだろう。

(やった!)と、柳沼は、思っているだろう。

だが、同時に、不安も感じているはずだった。

あの作品が、日の目を見れば、警察に、動機がわかってしまうという不安があるに違いないからである。もし、その不安のほうが大きければ、今日の発表までの間に、何かの手を打っているのではないだろうか？

それを、何もせずに、近藤に毎日電話して、大学入試の発表でも待つようにしていたのは、やはり、栄光が欲しくて、それが、不安に打ち勝っていたのではあるまいか。

一時間ほどして、亀井が、「古都からのメッセージ」のコピーを持って、帰って来た。

「選考委員が五人いるので、この作品を、その数だけコピーして、選考したそうです。その一部を借りて来ました」

「柳沼の動きは、何かわかったかね？」

「選考委員会のほうへ、電話して来たそうです」

「どんなことだね？」

「正式に、賞をお受けすると、いったそうですよ」

「危険を承知で、栄光を欲しがったというわけだな」

「そうですね。もし、安全第一に考えれば、事情があって、選考の対象から外してくれと申し出て、最後の一冊を回収してしまえばよかったわけですからね。それをしなかったのは、受賞する自信があって、このチャンスを逃すのが、惜しかったんだと思います」

「多分、彼の心の中では、葛藤があったと思うね。だが、最後には、栄光への欲望が勝ったということだな。ひょっとすると、最後の一冊の『パピルス』が、自分にとって、致命傷になるかもしれないと思いながら、一夜明ければ、天下の英雄といった栄光が欲しかったのさ。つまり、それだけ、柳沼という男は、自己顕示欲が強く、自惚れも強かったということだろうね。また、そうした性格が、殺人につながってもいったんだと思うよ。自分を軽く見たり、自分を傷つけたりする人間を、許せない性格なんだろう」

十津川は、そういってから、亀井の持って来たコピーに、目をやった。

やっと、待望していた「古都からのメッセージ」を、読めるのである。

作品の良し悪しということは、十津川にはわからない。彼も、十代の後半から、二十代にかけては、人並みに文学青年だったことがあり、太宰治の作品を読みふけった記憶があるが、今はすっかり、小説の世界に、ご無沙汰してしまっている。それに、十津川は、連続殺人事件の解決のために、読むのである。もし、この作品が、解決のヒントにならないのなら、どんなに素晴らしい作品でも、十津川には、何の価値もないのである。

十津川は、最初の一行から、目を通した。

6

〈中井喜久子《なかいきくこ》は、十七歳の時、ひとりで、京都を訪れた。観光シーズンが終わりを告げ、洛北には、時折り、白いものが舞い落ちる季節になっていた。

喜久子は、山陰本線の嵯峨で降りた。コートの襟を立て、みぞれでも落ちてきそうな灰色の空に、ちらりと目をやってから、北に向かって、歩き出した。

彼女の左手首には、大きな傷痕がある。三カ月前、自殺しようとして、剃刀で切った傷だった。発見が早く、助かったが、彼女の心の傷は、治っていない。

いつの間にか、竹林の間の小道を歩いている。とうとう、粉雪が舞い始めた。京都特有の底冷えが、急に、深くなったような気がした。

行く手に、小さな庵が見えた。若い女性の間で人気のある直指庵だが、京都が初めての喜久子は、その名前を知らず、ふと、その静かなたたずまいに魅せられて、中に入った。

喜久子が、京都を訪ねたのは、心の安らぎを得たかったからだ。もし、どうしても、心の安らぎが得られなかったら、そのまま、死へ旅立ってもいいと思っていた。十七歳の彼女にとって、死は恐ろしいものではなかった。具体的な死というもののイメージがつかめなかったし、何か、遊戯でもするように、ひょいと、死の国へ飛んで行けそうな気がしていた。

喜久子は、ブーツを脱いで、本堂に上がった。広い本堂に、火鉢が三つ置かれていたが、人の姿はなかった。喜久子が、その一つの傍に座り、こごえた手をあぶりながら、庭に降りしきる粉雪を見ていると、三十五、六に見える若い住職が、お茶を持って来てくれた。

「寒いのに、よく、おいでなさいましたな」

と、住職が、おだやかな口調でいった。

「あのノートは、何ですの」

喜久子は、さっきから気になっていた、机の上のノートのことをきいてみた。

「ああ、あれですか。『想い出草』と名前をつけたのですが、ここにいらっしゃる若い人たちの苦しみを、あれに、捨ててくだされば、少しは、心楽しくなると思いまして、置いてあるのです」

「あれに、苦しみを捨てるんですか？」

「そうです。自分一人では、背負い切れない苦しみというものもありますから。私が聞いてさしあげることもありますが、それが恥ずかしいという方は、まず、あのノートにお書きなさい、とおすすめしているのです。どうにもならないかもしれないけど、少しは、心が安らぐかもしれませんよ」

住職は、それだけいうと、奥へ、行ってしまった。

喜久子は、『想い出草』とは、なんと、センチメンタルな、少女趣味の名前をつけたことだろうと、まず、そのことに反感を持った。自分の心の傷は、ハンカチを眼に押し当てれば、それでいやされてしまうような甘いものではないという気があった。

（どうせ、少女雑誌に出てくるような甘い文章が並んでいるのだろう）

と、思いながら、喜久子は、机の上のノートに手を伸ばした。ノートの横には、ボールペンがあったが、書く気はなかったから、取らなかった。

何の期待も持たずに、喜久子は、頁《ページ》を繰っていった。馬鹿にしながら——である。しかし、喜久子は、最初の頁から、そこに細かい字で書きつけられている言葉に引きつけられた。

感傷的な、甘い言葉などはなかったからである。

そこに書きつらねてあったのは、若い少女たちの赤裸々な告白だった。事実だけが持つ重さだった。住職が、自分の苦しみを、ノートにお捨てなさいといった意味が、やっとわかった気がした。これは、仏の前での懺悔なのだ。

一冊のノートを深い感動とともに読み終わったあと、喜久子は、ボールペンを持ち、自分の苦しみを、そこに、書きつけていた。

私は十七歳です

四カ月前、私はあの子を殺しました
産めずに殺してしまったのです
私の赤ちゃん　ママを許してください
私は――〉

7

「これは、私の友人、片平と一緒に殺された中田君子がモデルだと思います」

西本刑事が、顔を紅潮させて、十津川にいった。

「そうだね。中田君子と、中井喜久子で、よく似ているからね。それから、この小説の中のノートに書きつけた言葉というのは、実物を、そのまま使っていると思う。だからこそ、柳沼は、何年かあとに、彼女と、片平を殺してしまったんだ」

「しかし、おかしいな。中田君子という女性は、片平の紹介で、二回ほど会って話をしましたが、十七歳のとき、子供を堕ろしたような様子は、全くありませんでしたが」

「それなら、もう一度、彼女のことを調べてきたまえ」

と、十津川は、いった。

西本が、飛び出して行ったあと、十津川は、

「カメさんは、どう思うね?」

「モデルが、最初の犠牲者の中田君子であることは、まず、間違いないと思います。そのあとを、飛び飛びに、目を通してみたんですが、あと三人出てくる女が、全て、殺されたカップルの女のほうの名前に似ていますから」

「西本刑事が、中田君子は、十七歳で子供を堕ろすような女じゃないといっているのは、どうだね?」

「そうですね。西本君の知らない側面があったのかもしれません」

と、亀井は、いった。

西本が、帰って来たのは、三時間ほどたってからだった。

若い西本は、勢い込んで部屋に入ってくると、紅潮した顔で、

「わかりました」

と、十津川に、いった。

「どうわかったのか、いってくれないと、困るんだがね」

十津川は、苦笑した。

「中田君子は、片平と同じ会社で働いていたわけですが、今日は、学校時代の友だちにも会って来ました。その結果、面白いことを聞いたんです。彼女は、ちょっと、茶目っ気があって、十七歳のとき、友だちと二人で、京都の直指庵へ遊びに行きました。そこで、あのノー

トを見て、いたずらっ気を起こしたというのです。そのとき、一緒だった女友だちが話してくれました」

「じゃあ、彼女は、嘘を書いたのか？」

「そうです。あれは中田君子の創作だったんです。友人は、こんな嘘を書いて、大丈夫なのかと、はらはらしたといっていました」

「その嘘の言葉に、柳沼は、感動してしまったというわけか。しかし、柳沼は、中田君子に、会いに行ったんじゃないのかね？」

「そうなんです。彼女が、大学に入ってすぐ、柳沼が訪ねて来たと、彼女が、友だちに話しています」

「そのとき、あれは、でたらめだったと、打ち明けなかったのかね？」

「これも、彼女の女友だちの話ですが、柳沼が、あまりにも真剣な調子で、きくので、中田君子は、あれは、いたずらだったとはいえなくなって、また、嘘の上に、嘘をついたんだということです」

「しかし、子供を堕ろしていない中田君子が、よく、話が出来たね？」

「彼女のクラスメイトに、実際に、子供を堕ろした女の子がいましてね。その子から聞いた話を、聞かせてやったら、彼は、大変、感動して帰って行ったということです」

「だが、今度、京都で再会したときは、もう、嘘をつけなかったということだな。いや、幸福の絶頂にいたから、もう、昔、直指庵のノートに、いたずらを書いたことなど、どうでもよくなったのかもしれない。だが、生真面目で、神経質な柳沼は、それを聞いて、怒った。そのとき、彼女は若い男と二人連れだから、男が、簡単に欺されるのは、あんたが馬鹿だからだぐらいは、いったかもしれないね。柳沼にとっては、大変な侮辱だったんじゃないかな。自ら恃《たの》むところがあればあるほど、屈辱感が強くなり、怒りが倍加したんじゃないかな」

「これで、生方いさおが、殺された理由も、なおさら、はっきりしたんじゃありませんか？」

と、いったのは、亀井だった。

「つまり、生方いさおも、柳沼と同じ目にあっていたんじゃないかということだろう？」

「そうです。生方いさおも、柳沼と同じように、あのノートを読んで、女の悲しみに触れたと思い、触発されて、作詞したわけですが、あとになって、いたずらだと知ったんじゃないでしょうか。ただし、生方いさおは、芸能界の人間で、世なれているから、腹を立てても、相手を殺したりはしなかったんでしょう。だが、次々に、心中に見せかけて、若い男女が殺されていくのを見ているうちに、柳沼功一郎のことを思い出した。柳沼も、きっと、自分と同じような目にあったに違いない。自分は、笑ってすませたが、あの男は、きっと、頭に来て、殺してしまったに違いない。そう思って、柳沼に電話をかけたんだと思いますね」

8

「古都からのメッセージ」には、ほかにも、三人のヒロインが登場する。が、その名前から見て、殺されたほかの三組のカップルの女性のほうがモデルになっていることは、明らかだった。

三人とも、直指庵を訪ねて、それぞれに、自分の過ちをノートに書きつけたことになっている。

十七歳で心中事件を起こし、相手の男だけが死んでしまったという告白。

高校時代に、少女売春の前歴があることを、ノートに書きつけた女。

八歳のとき、誤って、妹を水死させ、それが常に心の重荷になっていることを書いた二十歳の女。

十津川は、それが、はたして、事実なのかどうかを、亀井たちに調べさせた。

中田君子のように、全くの嘘を、いたずらの気持ちで書いた者はいなかったが、誇張は、あったようである。

たとえば、十七歳のとき、心中事件を起こし、相手の男だけが死んでしまったと、直指庵のノートに書いた江藤正美の場合（柳沼の小説の中では、伊藤《いとう》まさこになっている）、実際には、死んだはずの青年は、生きていて、彼女のことを聞くことが出来た。

二人は、十七歳と十九歳で交際していて、うまくいかず、確かに、心中を考えたことがあったという。

「しかし、いざとなったら、二人とも怖くなってしまいましてね。心中するかわりに、別れたんです。その後、彼女には、会っていません。彼女が、直指庵とかいうお寺のノートに、そんなことを書いたのも知らなかったし、八月に死んでいたことも知りませんでしたよ」

と、その青年は、びっくりした顔で、亀井にいったのである。

若い女性は、直指庵に行き、そのノートに向き合うと、自分の過去を、ひとまわり悲劇的に、誇張して書きたくなるらしい。それはある意味で、見栄だろう。

そして、書いてしまったあとは、けろりと忘れてしまうのだ。

だが、柳沼は、ロマンチックに、そこには、真実の告白があると、感動してしまったのだろう。その感動が深ければ深いほど、嘘や誇張とわかったときの怒りは、大きかったに違いない。しかも、彼の場合には、彼自身の名誉もかかっていた。

「古都からのメッセージ」では、四人の女たちは、それぞれ、ノートに告白した重荷を背負って、生き続け、あるいは、自殺する。ひとりも、無邪気に、幸福を謳歌する者はいないことになっていた。

「裏切られたと思った柳沼は、現実を、無理やり、自分の作品に一致させたということだな」

と、十津川は、いった。ある意味で、柳沼は、狂気の人間なのかもしれない。

柳沼功一郎のことで、もう一つ判ったことがあった。

柳沼夫妻の仲が、冷え切っている理由である。

柳沼の友人は、夫婦の両方に原因があるようにいったが、もっとも大きな理由は、妻の杏子の裏切りにあったらしい。いや、正確にいえば、柳沼が妻に裏切られたと、考えたことにあったらしい。

二人は、見合いだった。

柳沼に、杏子との見合いをすすめたのは、大学の恩師である。

杏子は、有名銀行の頭取の娘だった。柳沼も、杏子も、初婚だった。

それは、嘘ではなかったが、結婚したあと、柳沼は、杏子の過去を知ることになった。

柳沼と結婚する少し前、杏子は、好きな男の子供を、ひそかに、堕ろしていたのである。

妻子ある男の子供だった。

見合いをすすめた恩師も黙っていたし、杏子も、柳沼に、打ち明けなかった。

明らかに、柳沼にとって、妻の裏切りだった。

柳沼を怒らせたのは、杏子が、子供を堕ろすようなことをしておきながら、平然として、自分と見合いし、結婚したことだった。

杏子が、絶えず、そのことに苦しみ、後めたさを持ち続け、柳沼にすまないと考えていてくれたら、柳沼も、少しは、救われたろう。

だが、杏子には、それがなかった。

柳沼は、自分が、二重に裏切られたと感じたに違いない。

このことも、直指庵で、柳沼が出会った四人の女の生き方に、ダブって、柳沼を異常な行動に走らせた理由になったのではないのだろうか？

「柳沼の所在が、相変わらず不明です」

亀井が、捜査から帰って来て、十津川に報告した。

「相変わらず、家には帰って来ていないのかね？」

「何の連絡もないようですね」

「まあいい。小島真次郎賞の授賞式には、必ず現われるさ。そのときに備えて、柳沼の逮捕状を請求しておこう」

「現われますか？」

「間違いなく、現われるさ。そういう男だからこそ、四組のカップルを殺したりしたんだ」

自信を持って、十津川は、いった。

9

小島真次郎賞の授賞式は、銀座のNホテルの「菊の間」で、九月五日の午後六時から開かれることになっていた。

十津川たちは、内ポケットに、柳沼功一郎の逮捕状をおさめて、五時半に、Nホテルに入った。

「菊の間」は、三階である。

エレベーターを降りたところに、受付があり、すでに、十津川も知っている作家や、記者たちが、二十五、六人来ていた。

「菊の間」では、ボーイたちが、忙しく、会場の設営をしている。

十津川は、廊下を歩いてみた。

「受賞者控室」と札の下がった部屋があった。

十津川は、扉を細めに開けて、中をのぞいてみたが、まだ、柳沼の姿はなかった。

亀井と西本は、ホテルの入口にいて、見張っている。

廊下の人数は、六時に近くなると、百人を超した。

「そろそろ、会場に入っていただきます」

と、胸にリボンをつけた男が、人々に向かって、いった。

どやどやと、設営の終わった「菊の間」に、人々は入っていった。

だが、まだ、柳沼は、姿を見せない。

ホテルの入口を見張っていた亀井が、上がって来た。

「今、桜井刑事が来て、西本君と、見張ってくれています」

と、十津川の横に来て、小声でいった。

受賞者がつける大輪の菊の花の造花は、まだ、受付の机の上に置かれたままである。

「来ますかね？」

亀井が、周囲を見回した。

「来るさ。ひょっとすると、もう、来ているかもしれないよ」

「え？」

「昨日あたりから、このホテルに泊まっているかもしれないということだよ」

十津川がいったとき、エレベーターの扉が開いた。下りのエレベーターだった。

シルクの背広に、蝶ネクタイ姿の男が一人、エレベーターから降りて来た。

顔が、緊張し、紅潮している。

「来たぞ」

十津川が、ささやいた。

柳沼功一郎だった。やはり、来たのだ。

柳沼は、受付で、ニッコリ笑い、白い菊の花を胸につけてもらっている。

会場の中で、逮捕したら、大混乱になるだろう。としたら、廊下で、押さえたほうがいい。

「行こう」

と、十津川は、亀井を促した。

解説

権田《ごんだ》萬治《まんじ》
（文芸評論家）

西村京太郎は『寝台特急《ブルートレイン》殺人事件』（昭和五十三年）以来、十津川警部を探偵役とする新感覚のトラベル・ミステリーを数多く書き続けているが、長編推理小説の本書『京都感情旅行殺人事件』（宝石・昭和五十六年九月〜五十七年四月連載）はそれらの中では特異の位置を占める作品といえよう。

まず第一に、『京都感情旅行殺人事件』は古都京都を舞台に次々と起こる連続殺人事件を扱っている点に特色がある。

若い西本刑事が、八月の初旬に上司の十津川警部のところに休暇届を出しに来た。京都の平安神宮の傍《かたわら》の疎水《そすい》で、婚前旅行に出掛けた高校時代の友人片平正と恋人の中田君子が心中死体として発見された事件を調べたいというのである。

だが、その事件が解決しないまま、次々と京都で若い男女の心中事件が続発する。しかも、それらのカップルには心中する理由が見当たらないのである。十津川警部の指令で京都に向かった亀井刑事らは、やがてこれらの事件に一つの共通項があることに気がつく。

心中した人たちはいずれも嵯峨野の直指庵《じきしあん》を訪れていたのである。

京都を舞台にした推理小説はすでにいくつも先例がある。山村美紗、和久峻三ら京都在住の推理作家が自分の熟知している土地を背景にしたミステリーを書くのは当然で、とくに山村美紗は、若い米国人女性キャサリンを探偵役とする『花の棺《ひつぎ》』をはじめとするシリーズで古都京都の魅力を作品に巧みに生かしている。

ジョルジュ・シムノンのご存じ渋い中年のメグレ警視とパリ、レイモンド・チャンドラーの清潔な正義感と優しさを漂わせた私立探偵のフィリップ・マーロウとロサンゼルスなど個性的な名探偵とそれを取り巻く世界は切り離すことができない。

しかし、西村京太郎のトラベル・ミステリーの場合は、むしろ意識的に十津川警部の活躍する舞台を一つの都市や地方に限定せず、一作ごとに目先を変えている点に優れた特徴があった。したがって、『京都感情旅行殺人事件』で京都を舞台に取り入れても少しもふしぎはないのだが、作者が昭和五十五年の夏に長年の東京暮らしを捨てて、京都に転居したことを考えると、この作品はその京都在住の成果の一端とも思われて興味深い。

感心させられたのは、著者が嵯峨野の直指庵を連続殺人事件のなぞを解く重要な場所として巧みに取り入れている点である。京都の名所というと、京都御所、金閣寺、銀閣寺、三十三間堂、南禅寺、龍安寺など数多くの場所が知られているが、西村京太郎がこの作品でスポットライトを当てた嵯峨野の直指庵はむしろ最近の新名所とでもいうべき所である。

名著『昭和京都名所圖會』で知られる竹村俊則は、別の『嵯峨野の魅力』という本の中で、大覚寺の正北五百メートル、竹ヤブに覆《おお》われた北嵯峨細谷にあるこの直指庵について次のように述べている。

「直指庵付近の竹は特に美しく、手入れもよく行き届き、昔の嵯峨野をしのばせる程に生い茂り、不思議に身も心も洗いきよめられる思いがする。加えて庵主《あんじゅ》の気さくな人柄と相俟《あいま》って近年多くの人々——特に若い人々のあいだに人気を集め、訪れる人が絶えない。そこに備えつけの『想い出草』と題したノートに自己の感想や心の悩みを書きとどめている。そんなことから現代版『かけこみ寺』とも『泣き込み寺』などともよばれている」

私も何年か前、若者の人気を集めていることをまったく知らずにこの直指庵を訪れ、びっくりした記憶がある。訪れる人の大半は十代、二十代の若い女性ばかり。男はほとんどいない。四十代の私のような中年男は身の置き所がなく、早々に退散したが、「想い出草」というノートの書き込みにも若い世代の新鮮な感受性と甘い感傷があふれていて感銘を受けた記憶がある。

古い伝統の息づく古都京都のよく知られた寺社ではなくむしろ新名所ともいうべき直指庵を取り上げ、連続殺人事件を解く重要な接点として見事に活用したところに、西村京太郎の優れた現代感覚がきらめいているように思われる。

『京都感情旅行殺人事件』の第二の魅力は、若い男女の連続心中という大胆で意表をつく推理小説的な設定にある。心中を擬装する殺人事件は、松本清張の『点と線』（昭和三十二年）をはじめ、日下圭介の『蝶たちは今…』（五十年）などいくつもの先例があるが、『京都感情旅行殺人事件』のように四つの心中事件の背後に黒い殺意の影を見るという設定はまことに大掛りで斬新といえよう。

同じ十津川警部シリーズの中にも、推理作家協会賞を受賞した『終着駅《ターミナル》殺人事件』（五十五年）のように、高校で校内新聞をいっしょに編集していたかつての校友男女七人が次々と殺されるという連続殺人事件を扱ったものがあるが、もともと西村京太郎は『消えた巨人軍』（五十一年）、『華麗なる誘拐』（五十二年）、『ミステリー列車が消えた』（五十七年）など、奇想天外な着想と大掛りな状況設定を得意としている。

その意味で、この『京都感情旅行殺人事件』もいかにも西村京太郎らしい作品といえるだろう。

相次いで京都で起こった不可解な心中事件。殺人の疑いがあるものの動機がまったくつかめない。やがて、それらを解く鍵が直指庵の「想い出草」にあることが明らかになる。

このように『京都感情旅行殺人事件』は典型的なホワイダニット whydunit、つまり動機は何かを主題とするミステリーである。

現代推理小説は、犯人はだれか？　というフーダニット whodunit、どういう方法で殺したか？　というハウダニット howdunit、さらに動機は何か？　というホワイダニット

whydunit という形で発展したといわれるが、ホワイダニットの場合、何といっても動機に新鮮味がなければならない。

カロライン・ウェルズは『探偵小説の技巧』の中で、「最も興味ある動機は云うまでもなく『金銭』『恋愛』及び『復讐』である。これを細別すれば、憎悪、嫉妬、貪欲、自己保全、功名心、遺産問題、その他多くの項目になる」、「稀には、異常な動機とも云うべきものが用いられる場合がある」、「しかし、それらは例外的な作品であって、何人《なんぴと》も直ちに納得できるような動機を最上とする」と述べている。

しかし、動機の解明を中心とするホワイダニットにおいては、余りにも平凡で陳腐な殺人動機では物足りない。

この点で、西村京太郎の『京都感情旅行殺人事件』は、殺人動機がまことに目新しい。江戸川乱歩は「探偵小説に描かれた異様な犯罪動機」という優れた評論の中で、「普通の意味のトリックの創意が段々むずかしくなって来たために、探偵作家は動機そのもののトリックを考案するようになった。古い作家ではチェスタートンとアガサ・クリスティーが、この動機の創意に最も力を入れているように思われるが、近年は犯人を探すのではなくて、動機を探す探偵小説さえ生れ、動機というものは探偵小説の最も重要な題目となりつつある」と指摘するとともに、変った動機の推理小説の例を挙げているが、『京都感情旅行殺人事件』の殺人動機は、これら異様な殺人動機にも例がない独創的なものである。

もう一つの魅力としては、犯人の個性的な肖像がある。シムノンの『男の首』に登場するジャン・ラディック、あるいはヴァン・ダインの『僧正殺人事件』に姿を現すディーラード博士など、優れた推理小説では名探偵に劣らず強烈な印象を与える犯人が必ずといってよいほど存在するが、『京都感情旅行殺人事件』の犯人もまことに個性的で犯罪者としては面白い。そして、こういうユニークな犯人の個性が栄光の中の破局といった洒落た結末にもつながっているわけである。

このように、『京都感情旅行殺人事件』は、古都京都を舞台にしながら、西村京太郎の現代感覚を見事に生かした作品であり、大胆な状況設定、切れ味のいいアリバイ崩し、意表をつく犯罪動機、個性的な犯人の肖像など多彩な魅力を備えた長編推理小説なのである。

*『京都感情旅行殺人事件』は、「京都情死行」のタイトルで、「宝石」一九八一年九月号から、一九八二年四月号まで、八回にわたって連載された作品を、改題のうえ、一九八四年九月に、「文庫オリジナル」として、光文社文庫に所収したものです。

*「西村京太郎ミリオンセラー・シリーズ」として、新装版で刊行された本書の初版部数を含む累計発行部数は、一二七万部に達し、この数字は、文庫単体としては、光文社文庫史上最大の発行部数となります。

*解説は、光文社文庫旧版から再録しました。

*なお、今回の新装版の刊行にあたって、文字を大きく読みやすくするため、版を改めました。

*この作品はフィクションであり、実在の個人・団体・事件などとは、いっさい関係ありません。

(編集部)

光文社文庫

長編推理小説／ミリオンセラー・シリーズ

京《きょう》都《と》感《かん》情《じょう》旅《りょ》行《こう》殺《さつ》人《じん》事《じ》件《けん》

著　者　西《にし》村《むら》京《きょう》太《た》郎《ろう》

2010年4月20日　初版1刷発行
2022年3月30日　5刷発行

発行者　鈴木広和
印　刷　堀内印刷
製　本　榎本製本

発行所　株式会社　光文社
〒112-8011　東京都文京区音羽1-16-6
電話（03）5395-8149　編集部
8116　書籍販売部
8125　業務部

ISBN978-4-334-74763-3　Printed in Japan

組版　萩原印刷

随時受付中

西村京太郎ファンクラブのご案内

会員特典（年会費2,200円）

オリジナル会員証の発行
西村京太郎記念館の入場料半額
年2回の会報誌の発行（4月・10月発行、情報満載です）
各種イベント、抽選会への参加
新刊、記念館展示物変更等のハガキでのお知らせ（不定期）
ほか楽しい企画を予定しています。

入会のご案内

郵便局に備え付けの払込取扱票にて、
年会費2,200円をお振り込みください。

口座番号　00230-8-17343
加入者名　西村京太郎事務局

※払込取扱票の通信欄に以下の項目をご記入ください。

1.氏名（フリガナ）
2.郵便番号（必ず7桁でご記入ください）
3.住所（フリガナ・必ず都道府県名からご記入ください）
4.生年月日（19XX年XX月XX日）
5.年齢　6.性別　7.電話番号

受領証は大切に保管してください。
会員の登録には1カ月ほどかかります。
特典等の発送は会員登録完了後になります。

お問い合わせ

西村京太郎記念館事務局
TEL：0465-63-1599

※お申し込みは郵便局の払込取扱票のみとします。
メール、電話での受付は一切いたしません。

西村京太郎ホームページ（i-mode、Yahoo!ケータイ、EZweb全対応）
http://www.i-younet.ne.jp/~kyotaro/